© 2015, Stéphanie Roche
Edition : BoD - Books on Demand, 12/14 rond-point des Champs Elysées, 75008 Paris
Impression : BoD - Books on Demand GmbH, Norderstedt, Allemagne
ISBN : 9782322017287
Dépôt légal : Mai 2015

Stéphanie Roche

Un trop lourd secret

Mon premier livre,
A ma fille Clara

Une femme, aussi fragile soit-elle, peut être plus forte que n'importe quel humain lorsque son enfant est en danger...

-1-

Début de l'automne

Marseille, 30 octobre 1999

Marseille s'éveille sous une lumière blafarde d'automne. Au loin un chien aboie agressivement depuis déjà une demi-heure. Caroline a ouvert un œil, il n'était que 7 h 55 à son réveil. Elle souffle et se retourne sous sa couette en espérant que ce satané chien s'arrête d'aboyer. Pour une fois qu'elle peut faire la grasse matinée depuis début septembre, c'était loupé... Décidemment, les vacances de la toussaint commencent mal...
Suite aux aboiements, voilà maintenant des coups de klaxon répétitifs de scooters qui passent sous sa fenêtre. Elle a horreur de ça... Dans son quartier, les jeunes ados ont l'habitude de tourner en scooter en klaxonnant à tout va, le casque à peine poser sur la tête. Elle les trouvait ridicules...

Elle n'aime pas l'endroit où elle vit. Elle déteste son immeuble vétuste, ses couloirs sombres. Les lumières communes ne sont jamais remplacées lorsque les ampoulées grillent, les robinets de la douche et de la cuisine fuient souvent, la tapisserie vieillotte du salon se décolle sans cesse tant l'humidité sur les murs est présente... Son quartier, où de vieux immeubles HLM se succèdent, est bruyant, sale et mal fréquenté. Dehors, elle se fait siffler par des groupes de gars louches et insulter quand elle ne répond pas à leurs appels provocateurs. Malheureusement, elle sait qu'avec les

prix de l'immobilier et le petit salaire de sa mère, il est impossible de changer de situation. Elle se languit tellement de grandir et de partir loin…
Heureusement il y avait Daniel… Lui et Caroline se connaissaient depuis la maternelle. Daniel est un garçon intelligent, avec un caractère posé qu'elle apprécie, gentil, toujours à l'écoute et, qui plus est, mignon…

Il a tout pour plaire à Caroline. A ses yeux, il est « l'exception », la « perle » du quartier. Daniel habite juste l'immeuble d'en face. Pour leur sixième anniversaire, ils avaient tous deux demandé un talkie-walkie pour Noël. Souvent le soir, alors que leurs parents les croyaient endormis, ils se mettaient à la fenêtre de leur chambre et se faisaient de grands signes en parlant à travers leur talkie. Heureusement qu'il était là après la mort de son père. Elle ne comptait plus le nombre de fois où elle s'était réfugiée chez lui en pleurant, et combien de fois il lui avait remonté le moral grâce à sa gentillesse et parfois à son humour.
Aujourd'hui encore, ils sont comme les deux doigts de la main, tellement complices, et ont sans se l'avouer des sentiments l'un envers l'autre…
Elle, a fait goûter à Daniel les plaisirs de la musique. Petite, et ayant hérité du vieux piano à sa grand-mère, elle est devenue une pianiste douée, et s'amuse souvent à lui apprendre des morceaux faciles, en guidant ses mains dans les siennes. Ce qui n'est pas à déplaire au garçon, car il adorait ces moments « intimes » où la jeune fille posait ses mains délicates contre les siennes, et le taquinait gentiment en lui affirmant qu'il faisait des progrès…
Lui, a fait rentrer Caroline dans son univers de footballeur. Il lui expliquait les règles de ce sport, lui montrait ses posters. Même si elle ne retenait jamais ses explications, elle aimait rester avec lui les après-midis de match devant la télévision à regarder l'Olympique de Marseille jouer, un saladier rempli de pop-corn. Elle adorait cette complicité, d'autant plus après la coupe du monde 1998, où la France est ressortie victorieuse un fameux 12 juillet face au Brésil 3-0 sur un doublé de Zidane, l'enfant du pays …

Dans une semaine, Daniel soufflera sa quatorzième bougie. Caroline, âgée de 3 mois de plus que lui, se languissait de lui offrir son cadeau d'anniversaire : un joli portefeuille en tissu noir, où était cousu CK, une célèbre marque à la mode, que les adolescents raffolaient.

Caroline décide finalement de se lever et ouvre la fenêtre de sa chambre. Sur l'aire de jeux juste en bas de son immeuble s'imposait le seul et unique arbre du quartier. Les couleurs de son feuillage commençaient à prendre des tons jaune-orangé. Caroline aime l'automne pour ses couleurs chatoyantes, elle se mit à imager un petit coin de forêt coloré, loin, très loin de tous ces immeubles... et ferma les yeux pour profiter d'un timide rayon de soleil. Soudain, un claquement de porte la tire de ses pensées, et un sentiment d'angoisse apparu... Son beau-père s'était une fois de plus disputé avec sa mère, de bon matin...
Celui-ci était de caractère nerveux et brutal. Depuis maintenant six ans, il trainait dans les bars, au grand désespoir de sa mère, Marilyne. A cause de plusieurs états d'ivresse, il a perdu son travail de mécanicien.
Marilyne l'avait rencontré au garage dans lequel il était employé, juste au coin du boulevard, suite à une panne de batterie. Il lui avait réparé sa voiture, et se sont recroisés plusieurs fois dans la rue. Son charme typé espagnol, son teint bronzé, ses cheveux bruns retombant en boucle, sa barbe courte bien taillée, n'avaient pas laissé la jeune femme indifférente. Un matin glacial, il lui a proposé de boire un café pour se réchauffer, et elle a accepté. Aujourd'hui, et à l'aube de ses trente-huit ans, Marilyne est encore une jolie femme, mais semble fatiguée. Ses cheveux blonds légèrement ondulés reflétaient des teintes dorées et ses yeux verts étaient aussi clairs que de l'eau de source.
Elle s'était remariée en 1992, deux ans après la mort de son mari, le père de Caroline. Elle a vécu un an de bonheur avec son nouveau mari José. Enfin, c'est en tout cas l'illusion qu'elle a eu à cette époque... Sa fille, alors âgée de sept ans, ne l'entendait pas de la même manière. Elle a toujours rejeté José, en évitant son regard, fuyant les bisous et boudant les week-ends passés à trois... « C'est probablement parce que son père lui manque » justifiait Marilyne à

José, « Elle n'a pas encore accepté la disparition de son père. Ne t'en fais pas, avec le temps cela lui passera »... Suite à cette année de « bonheur » ou plutôt de « bouée de sauvetage » après la mort d'un être cher, les choses se sont compliquées peu à peu. Plusieurs disputes éclataient dans la semaine, puis dans la même journée. José montraient de gros yeux injectés de sang, ou plutôt d'alcool. Il esquissait de grands gestes menaçants de violence, jusqu'au jour où Marilyne se prit une gifle en pleine figure. Un autre jour, la gifle se transforma en coup de point, et puis en secousses brutales contre un mur... Lors des disputes, elle évitait de pleurer, de crier pour ne pas alerter sa fille dans la chambre d'à côté.

La mère de famille si heureuse, si pétillante, quelques années précédentes s'était muée en femme soumise, épuisée, le visage cerné et sombre... Elle cachait à présent tous les hématomes qui apparaissaient sur ses bras, son cou, son visage. Lorsqu'elle sortait dans la rue, elle gardait toujours cette façade froide et distante qui faisait comprendre aux gens : « ne m'approchez pas ! ».

Au travail, elle ne parlait jamais de sa situation familiale à ses collègues secrétaires, même si parfois l'envie de se confier était forte. Oui, Marilyne est désormais malheureuse, mais incapable de se révolter, de partir... Pourquoi ? Elle-même ne peut pas l'exprimer, elle garde cet espoir au fond d'elle, l'espoir que tout change un jour, l'espoir que JOSE change un jour...

Jamais elle n'aurait cru qu'il pouvait s'en prendre à Caroline. Et pourtant...

****

Caroline ressemble énormément à sa mère : des cheveux longs blonds, de jolis yeux verts en amandes, et un petit nez fin. Cette jeune adolescente studieuse avait, elle aussi, perdu son caractère jovial et rieur après la mort de son père.

Paul s'est tué dans un accident de voiture. Après une semaine dans le coma, les médecins n'ont pas insisté pour le réanimer, sachant que son état était fatal. Pendant un mois la petite fille, foudroyée par la tristesse, n'a plus prononcé un mot. Puis, voyant sa mère souffrir de cette situation, retrouva la parole, et au fil des années, retrouva le sourire. La douleur avait cicatrisé, mais la cicatrice ne partirait jamais.

Sept ans après, elle restait souriante, autant que faire se peut lorsqu'elle se trouvait à l'école ou entre amis, particulièrement avec Daniel, même si celui-ci se doutait que la jeune fille présentait une façade.

Derrière cette façade se cachait bien sûr la tristesse, la perte d'un père, la solitude, mais aussi la peur... Oui, Caroline avait peur ; elle craignait désormais son beau-père.

Elle savait ce qu'il faisait endurer à sa mère pendant leurs disputes, même si Marilyne faisait tous les efforts du monde pour le dissimuler. Elle avait la peur au ventre lorsqu'elle se retrouvait seule avec lui, car l'adolescente aussi subissait des sévisses.

Il était hors de question pour elle d'en parler à sa mère, tant la honte l'envahissait. Il a tout d'abord commencé par des avertissements verbaux. Puis, les mots se sont transformés en gestes : gifles, coups... et depuis ses 14 ans... en attouchements. Bien sûr, il agissait toujours quand Marilyne était aux courses ou au bureau.

Caroline entrouvre discrètement la porte de sa chambre pour observer la scène de dispute dans le salon. Elle y voit sa mère qui implore José de parler moins fort et de se calmer afin de ne pas réveiller sa fille. Celui-ci la pousse violemment pour pouvoir rejoindre la porte d'entrée de l'appartement.

 « Qu'est-ce que tu fais ? » demande Marilyne la gorge nouée.
- J'me casse d'ici, marre de la mère et la fille !
- Tu vas déjà au bar, de bon matin, c'est ça ?

José s'approche dangereusement de Marilyne, hors de lui, les lèvres retroussées, montrant ses dents jaunies par la cigarette, le faciès imprégné de colère. « Ne me parle plus avec cet air de reproche, t'as compris ? ». Et comme pour bien lui faire passer le message, il serre ses doigts au niveau de sa gorge. Il lâche son étreinte que quelques secondes après, les yeux fusillant sa victime.

Celle-ci reprend sa respiration et le bourreau sort de l'appartement en claquant la porte.

Des larmes coulent sur les joues de Marilyne, au même moment que des larmes coulent sur celles de sa fille, qui a assisté à la scène.

Caroline referme doucement la porte de sa chambre, laisse passer plusieurs minutes pour sécher ses pleurs et faire comme si elle venait de se lever. Elle rejoint sa mère dans le salon, assise dans le canapé, le regard dans le vide.

- Bonjour maman ! se force-t-elle à dire d'un ton enjoué. Si on allait faire les magasins toutes les deux aujourd'hui ? C'est mon premier jour de vacances et j'ai envie de le passer entre filles...

- Oh... Bonjour ma chérie... Tu t'es levée tôt pour un jour de vacances...

Marilyne parait gênée mais elle enchaîne : Je serais contente qu'on se retrouve toutes les deux, c'est une bonne idée.

Un sourire timide aux lèvres, la mère et la fille prennent le petit-déjeuner ensemble, comme si rien ne s'était passé.

Caroline est douée pour remonter le moral des gens qu'elle aime. Elle est dotée d'une maturité incomparable par rapport à ses amis de classe. A ce moment-là, Marilyne fait un arrêt sur image sur sa fille en train de débiter « gaiement » des péripéties passées la semaine dernière au collège. Elle souhaite la voir réellement heureuse. A ce moment-là, elle se dit qu'elle a de la chance de l'avoir, et qu'elle ne voudrait JAMAIS la voir souffrir... A ce moment-là, elle pense à une chose effroyable, certes, mais une chose sensée : José ne devait plus être un danger pour elles...

-2-

L'enfant caché

Au même moment, banlieue de Paris

Anaïs vient de se lever. Agée de dix-neuf ans, brune aux cheveux courts à la garçonne et au regard noir endurci, elle vivait toujours dans un petit appartement avec sa mère Josiane. Même si les relations mère-fille n'étaient plus au beau fixe depuis quelques temps, elle n'avait pas d'autre endroit où aller…
Elle se fait chauffer un grand bol de lait au micro-onde et s'assoit lourdement devant la télé en attendant la sonnerie de l'appareil. Elle baille à s'en décrocher la mâchoire au moment où sa mère entre dans la cuisine.
« Bonjour ! ». Pas de réponse d'Anaïs. Josiane, dépitée, hausse les sourcils, sans chercher à protester. Elle avait trop souvent repris sa fille sans succès pour un tas de choses. Aujourd'hui, elle est blasée.
Bien sûr, elle se doute bien qu'elle a sa part de responsabilité dans l'attitude de sa fille. Elever un enfant seule n'est pas facile, et elle n'a pas toujours pris les bonnes décisions…
Aujourd'hui elle se sent coupable de lui avoir menti tout ce temps. Depuis ses dix-huit ans, la jeune fille voulait savoir qui était son père. Josiane restait toujours évasive à ce sujet, en lui disant que son père était mort quand elle avait un an, d'une maladie incurable. Anaïs avait fait des recherches, en demandant à la

mairie de sa ville la liste des personnes décédées en 1980. Aucune ne répondait au nom de José Cambri. Cela lui avait mis la puce à l'oreille et, depuis, elle chercha à tirer les vers du nez à sa mère...

Le son du micro-onde retentit. Elle se sert des céréales au maïs soufflé et se replace devant le poste de télévision.
« C'est bientôt la Toussaint, dit-elle enfin à sa mère. J'aimerais cette année apporter des fleurs à papa. D'habitude, tu les apportes pour nous deux, mais je pense que je suis assez grande pour assumer ça, cette année !.
La mère parait embarrassée. Elle s'assoit sur le fauteuil à côté de sa fille et lui avoue :
- Tu as raison, tu es assez grande et moi assez fatiguée pour te cacher encore cette histoire... Ton père n'est pas mort... ».

****

Etudiante en faculté de psychologie, Anaïs est une travailleuse acharnée. Lorsqu'elle se fixe un objectif, elle l'atteint presque toujours.
Elle se mit dans la tête de retrouver son père et elle y arrivera.
Il s'appelle donc José Peres...
Elle devait trouver un cybercafé sur Paris et commencer ses recherches sérieusement.
Aussitôt dit, aussitôt fait ! Génial le bouche à oreille entre amis. Une amie lui a parlé d'un café où on peut se connecter et où l'ambiance est sympa. L'après-midi même, la voilà devant un écran.
Internet, quelle technologie extraordinaire !
Elle tape sur le moteur de recherche : « annuaire », « José Peres Marseille », « plan du métro Marseille ».

Un serveur typé asiatique, habillé de façon flashy, tee-shirt col en V, grosse inscription « NYC » jaune fluo sur le torse, et pantalon slim bleu roi, lui sert son thé au caramel.
Bizarre son look... pense-t-elle.

- Voici votre consommation Mademoiselle !
Elle sourit de façon amusée à ce bonhomme excentrique, en regardant sa coiffure en crête figée par un max de gel.
Puis, concentrée de nouveau, elle reprend ses recherches :
« plan de Marseille », « hôtel Marseille », « bus Marseille », « TGV Paris-Marseille » ...

La nuit est déjà tombée depuis une demi-heure, quand elle paye ses consommations. Elle baille, lessivée par ses heures passées devant l'écran lumineux. Elle renoue son bandana rouge aux motifs noirs autour du cou, enfile son blouson bombers noir mi-saison et sort du cybercafé.
Pendant le trajet du retour, elle ressasse ses plans : comment s'organiser ? quand partir ?
Sa journée avait été fructueuse, elle est assez contente d'elle.
Il y a bien un José Peres sur Marseille, mais il se peut que ce ne soit pas lui... Elle devait en avoir le cœur net et vérifier sur place.
Demain, elle irait à la gare réserver un ticket Paris-Marseille...

Gare Saint Charles, Marseille, le 02 novembre 1999.

Le train en provenance de Paris entre en gare. Anaïs, son sandwich terminé, se lève de son siège en velours malodorant et récupère son gros sac de sport noir au-dessus de sa tête, et le balance sur son épaule. Impatiente, elle se dirige vers la sortie du train, aux starting-blocks. Les portes du train coulissent enfin et elle fait ses premiers pas dans le sud de la France. Elle fut immédiatement Impressionnée par ce grand corps de bâtiments surplombés par une ancienne verrière laissant entrer la luminosité. Elle choisit de s'arrêter à un café pour étudier le plan

du métro imprimé sur un petit dépliant. Elle passe le hall de lumière et sort vers un plateau surmontant un escalier monumental orné de sculptures sur les thèmes de l'Afrique et de l'Orient, reliant la ville à sa gare.
Les sons des marteaux-piqueurs et autres engins de travaux publics destinés à offrit une nouvelle envergure à la vieille gare résonnent. Anaïs se sent un peu perdue au centre de cette ville qu'elle ne connaît pas. Elle balaye du regard la rue du haut des escaliers, et aperçoit un bar. Elle s'y dirige et commande un café allongé. La boisson bien chaude la détendit rapidement et la jeune fille put établir son circuit, les multiples papiers de ses recherches étalés sur la table.

- Besoin d'aide mad'moiselle ? Vous êt' pas du coin vous ? demande un homme grand comme une perche, les dents noircies par la cigarette, la trentaine passée, un sourire niait aux lèvres.
Elle se sent soudain traquée.
Perspicace le mec ! pense-t-elle. *Encore un gros lourd...*
Elle lui répond sèchement :
- Non, merci !
L'homme, refroidi, retourne au comptoir.
Elle replonge le nez dans ses adresses, plans de la ville, plan du métro. Quelques minutes après, elle avale d'une traite la fin de son café, laisse la monnaie sur la petite table ronde en formica et ressort, les idées plus claires.

Anaïs, jeune fille un peu garçon manqué, adepte de karaté, s'est forgé une carapace d'acier depuis son enfance, probablement afin de pallier le manque d'un père dans le foyer. Mais au fond d'elle-même, elle a toujours ressenti une fragilité qui la rongeait de l'intérieur...
Aujourd'hui, elle ne se sentait pas en sécurité.
Aujourd'hui, c'était l'inconnu, la peur de retrouver quelqu'un qui ne veut pas d'elle...

Elle rejoint l'escalator qui descend dans les sous-sols de Saint Charles et attend le métro, en vérifiant plusieurs fois qu'elle ne s'était pas trompée de voie, en lisant le tracé bleu de la rame indiqué sur le mur noir de saleté, direction La Rose.

« Ok, se rassure-t-elle, jusqu'à maintenant, tout va bien ».

Arrivée à destination, elle prit un bus jusqu'à une rue parallèle de celle où devait logiquement toujours vivre José Peres. Sa mère lui avait caché son vrai nom de famille jusqu'à cette semaine, où les confidences ont fusé. Oui, Josiane l'a prévenue que cet homme n'était pas sain, oui elle lui a dit qu'il les avait abandonnées toutes les deux quelques mois après la naissance de sa fille... Mais peu importait pour Anaïs, elle devait savoir à quoi son père ressemblait, elle devait au moins l'observer, au mieux lui parler...

****

Anaïs profite qu'une famille ouvre la porte d'entrée commune du bâtiment pour se faufiler. C'était là qu'il habitait...
Elle monte les marches, jusqu'au sixième étage pour voir le nom « PERES » sur la porte d'un appartement. Son cœur bat à tout rompre. Elle décide de rester dans la cage d'escalier jusqu'à ce qu'il y ait du mouvement. Afin de rester discrète, elle monte encore quelques marches, s'assoit et attend...
Attend...
Trente minutes...
Une heure...
Une heure et quart...

La porte s'ouvre enfin ! Elle sursaute.
Un homme sort. Il ne l'a pas vu. Elle le suit sans faire de bruit.

Elle expire toute sa pression par la bouche, elle tremble, cet homme est peut-être son père.
Il sort du bâtiment, elle le regarde s'éloigner pour ne pas être repérée. Il entre dans le bar au coin de la rue. A travers la baie vitrée, elle peut l'observer.
Elle tremble, elle a froid, elle a peur...
Elle essai de se raisonner, de se calmer.
Il commande à boire, elle devine que c'est un ballon d'alcool, probablement un pastis... Il est 14h...
Bizarre de boire ça à cette heure-ci...
Son verre terminé, il en commande un autre, puis un autre.
Elle comprend... elle est déçue... sa mère avait sûrement raison de l'interdire de le retrouver, mais elle est têtue. Elle le dévisage à distance, la quarantaine, cheveux bruns longs jusque dans le cou, bouclés ou plutôt ébouriffés, rides prononcées sur le front et sous les yeux. Elle ne l'imaginait pas comme ça.
Il semble que le barman refuse de lui servir un énième ballon.
José se lève du comptoir. Mince, trop tard ! Il va partir.
Ce sera pour demain.
Il prend le chemin inverse par rapport à une heure avant, mais cette fois-ci en titubant.
Il rentre chez lui. Tant pis, de toute façon, il n'est pas en état de parler...
Anaïs, à la fois déçue du comportement de cet homme et excitée d'avoir réussi une partie de son projet, rejoint un abri bus. La ligne quatorze devait la déposer pas loin de l'hôtel qu'elle avait réservé par téléphone avant de partir.

****

Les questions se bousculent dans sa tête.

Est-ce vraiment son père qu'elle a vu ? Si oui, est-il alcoolique ? Avec qui vit-il ? Comment est sa vie ? A-t-il d'autres enfants ?
Au fond, Anaïs, déçue de cette première approche, a envie de faire marche arrière, mais elle n'a pas fait le chemin pour rien ! Demain il faut qu'elle lui parle !
Pour l'instant, elle se repose. L'hôtel n'était pas trois étoiles, mais tant pis, il y avait une douche et un lit, c'était le principal ! Après une bonne douche chaude, elle ira prendre un MC Do qu'elle a repéré l'après-midi en passant en bus, et fera un somme bien mérité.

****

03 novembre 1999

Un rayon de soleil commençait à titiller ses yeux clos, en passant à travers des rideaux mal tirés.
Anaïs se réveille grognon, gênée par la luminosité. Pendant quelques secondes, elle eut du mal à remettre les choses dans leurs contextes, se demandant où elle était...
Oh nooon !! Elle retombe dans la réalité.
Aujourd'hui c'était le grand jour.
Un nœud au ventre, elle se lève.
Elle prend une longue douche afin de se réveiller et partir du bon pied. Elle prendra un pain au chocolat et un café serré au bar où elle avait vu « l'homme » la veille...
Elle sort de la salle de bain emmitouflée dans une grande serviette blanche autour de la poitrine, en se demandant comment elle allait s'habiller pour voir son père...
La sonnerie de son portable la sort de ses pensées : sa mère.
Elle devait être morte d'inquiétude !

- Bonjour maman. Oui, tout va bien… Ne t'en fais pas… Oui… Je rentre peut-être demain… Mais oui !!... Maman, je crois que je l'ai vu hier…

****

Il est 10 heures du matin et l'établissement compte déjà plusieurs personnes à son comptoir, mais pas José.
Une fumée de cigarette remplit la salle, l'odeur du café est mélangée à l'odeur de l'anis. Les hommes debout devant le comptoir parlent fort, et agités, racontent leur soirée passée au virage Sud le weekend dernier ! L'arrêt de Stéphane Porato, la passe de Robert Pirès…
A la caisse une femme achète des jeux à gratter et un paquet de cigarette, ouf, elle n'est pas la seule fille ici…
Anaïs eu un haut le cœur, mais il faut qu'elle tienne, elle espère tant qu'IL passe la porte…
Elle commande un café, s'assois à une table et commence à manger sa viennoiserie. Ce n'est pas l'endroit idéal pour déguster un bon p'tit-déj, mais ça fait du bien de manger un bout !
Une demi-heure après, son cœur s'arrête net ! Il est là !
- Oh José !!! Comment ca va ? Tu veux comme d'habitude, vieux ?
- Non, un café, s'te plaît !
Tous rient de bon cœur !
- Il est malade aujourd'hui !
- Eh, c'est bon les gars ! Amène-moi le journal aussi. Merci.

Ils comprennent tous qu'aujourd'hui il ne fallait pas lui poser de question, et reprennent leur sujet de discussion : « il faut absolument garder Ravanelli dans l'équipe… ».

Anaïs l'observe du coin de l'œil. Elle hésite. Doit-elle y aller ? Doit-elle attendre ?
Elle est là pour ça après tout ! Tant pis, elle se jette à l'eau.
- Bonjour, je peux m'asseoir là ?

****

Caroline est sortie acheter le pain. Sa mère est au travail et comme elle rentre manger ce midi, la jeune fille veut que tout soit prêt.

Elle sort de la boulangerie, et... eut un sursaut de surprise. José était en train de discuter avec une fille, un peu trop jeune pour lui... Elle fait trois pas en arrière pour observer la scène plus discrètement, sciée.
Qui est cette fille ?
Une amante ?
Une amie ?
Une ancienne collègue de travail, peut-être ?...
Doit-elle alerter sa mère ? Non, pas tant que les choses ne vont pas plus loin... Elle ne veut absolument pas chagriner Marilyne.
Contrariée, elle rentre à l'appartement, en se jurant qu'elle saura bientôt la vérité...

-3-

Journée fatidique

05 novembre 1999

C'est le quatrième jour des vacances. Caroline avait bien décompressé en quatre jours. Elle n'avait pas encore touché un seul livre d'école. Son cahier de texte était resté dans son cartable.
Après les magasins avec sa mère, les sorties en vélo et au cinéma, c'est aujourd'hui l'anniversaire de Daniel, le jour « J ». L'adolescente est excitée comme une puce. Elle téléphone chez son ami.
- Bonjour Mme Flores, c'est Caroline. Je pourrai parler à Daniel, s'il vous plaît ? »

Madame Flores appréciait la jeune fille. Elle la trouvait polie et mignonne. Daniel comprend que la communication est pour lui – un jour comme celui-ci, le téléphone ne sonne que pour lui – et accourt jusqu'à sa mère qui lui passe le combiné sans fil.
- Merci, mam' ! dit-il enjoué.
- Bon anniversaire Dan !!
- Merci Caro !

Il rougit mais ce qui est bien, c'est qu'elle ne peut pas s'en apercevoir…

- On se voit cet aprèm ?
- Ouai !! Viens chez moi. Ma mère me prépare un gâteau au chocolat. Après, on peut aller jusqu'à la colline en vélo si tu veux ?
- Je veux bien venir chez toi, mais après je dois rentrer. José à besoin de moi pour monter une étagère je crois... Pfff... et ma mère travaille, elle ne peut pas l'aider.
- Ok, répond-il un peu déçu. Viens vers 14h30, c'est bon ?
- Oui, à tout à l'heure ! Bisous
- Bisous.
Il rougit de nouveau.

La journée s'annonce belle, pour la première fois des vacances, le soleil est au rendez-vous. Il fait encore doux, seize degrés au thermomètre. Caroline est de bonne humeur. Il est 13h00, elle emballe soigneusement le cadeau de son ami et se prépare. Elle met une jupe exceptionnellement – pour l'occasion- de couleur beige, accompagnée de collant épais noir et un pull noir col rond. Elle se parfume et coiffe longuement ses cheveux aux reflets dorés. Elle veut être jolie pour l'anniversaire de son meilleur ami. D'ordinaire, elle ne s'habille jamais en jupe, de peur d'être embêtée par les débiles qui trainent en bas des immeubles. Mais aujourd'hui, tout est permis.
Elle est sur le point de sortir, lorsque José lui gâche sa joie.
- Tu vas où habillée comme ça ?
- Chez Daniel, il m'a invité à manger un morceau de gâteau pour son anniversaire, maman est au courant que je sors.
- Ah ouai ? Mais ta mère n'est pas là ! Et je t'avais dit que j'avais besoin de toi !
- Oui, je rentre tôt.
- Dans une heure !! la coupe-t-il. Et pas une minute de plus ! J'ai pas qu'ça à foutre, moi !

Elle acquiesce juste de la tête, écœurée de devoir lui répondre, et sort.

****

Daniel est comblé. Il passe un bon moment avec Caroline et sa mère qui lui a préparé son gâteau préféré. En plus, son cadeau lui plait énormément !
Caroline doit rentrer à présent. Tout bon moment à une fin...
Il la raccompagne jusqu'en bas de son immeuble.
- Merci pour tout, rougit-il,
- C'est normal... J'ai bien rigolé, merci à toi pour l'invit !
Elle baisse les yeux, sentant qu'un moment intime se créé.
- Tu es jolie habillée comme ça.
A peine relève-t-elle la tête timidement que les lèvres chaudes et moelleuses de Daniel viennent se poser sur les siennes. Elle se laisse aller et ferme les yeux...
Quelques secondes à peine, mais quelques secondes magiques...
Intimidés tous les deux, ils se disent à bientôt.

Elle monte la cage d'escalier menant à son logement, un peu comme ivre du baiser qu'elle venait de recevoir.
Elle regarde sa montre : 16 h... La magie se transforme soudain en angoisse, elle a une demi-heure de retard !
Pourvu qu'IL ne remarque rien !

Elle ouvre la porte d'entrée.
Il l'attendait de pied ferme, assis sur le canapé du salon, les bras croisés, l'air grave.
- T'as vu l'heure ? la sermonne-t-il.
- Excuse-moi, le temps de manger un morceau de gâteau et de parler un peu avec la mère à...
Il la coupe brusquement, énervé :
- Je m'en fous !! Quand j'te dis quelque chose, tu obéis, c'est tout !
- T'es pas mon père, OK ? répond-elle du tac au tac.

Une gifle cingle sa joue. Des larmes montent aux yeux de la jeune fille.
- Tu te permets de me faire la morale, mais tu t'es vu, toi ? Tu bois à longueur de journée, et maintenant tu te tapes des jeunettes dans le dos à maman ! Tu me dégoûtes !

Caroline saccade ses phrases, elle pleure, crie, jamais elle n'avait été aussi énervée.
Pris dans un élan de folie, José prend violemment une touffe de cheveux à l'adolescente. Il l'a traîne jusque contre le mur et la frappe de nouveau. Il ne s'arrête plus de taper ; ses yeux hors de leurs orbites, ce n'est plus un homme, mais un animal fou.

La fille crie « Arrête ! », « au secours ! ».
Mais personne ne l'entend…

****

L'adolescente tombe à terre, abasourdie.
Elle l'implore de nouveau : « S'il te plaît, arrête ».
En tombant, sa tête n'est pas passée loin du coin du meuble de télévision. Elle regarde avec effroi ce coin pointu et un objet posé juste à côté l'interpelle : le vase en verre. Elle profite d'un moment d'accalmie… peut-être cinq secondes, peut-être dix… Elle ne sait pas vraiment. Mais elle doit agir, elle prend avec une vitesse inouïe ce vase et l'envoie de toutes ces forces au visage de son beau-père.
Le vase le cogne au front et vient se briser à ses pieds.
Il l'injure de plus belle mais reste quelques secondes inapte, le temps de reprendre ses esprits.
Caroline réussit à se relever et s'enfuir, sous les insultes.

Recroquevillée sur les escaliers en pierre menant à des jeux d'enfants situés deux immeubles plus loin, elle pleure à chaudes larmes. Elle saigne du nez, elle a mal aux joues, ses bras commencent à montrer des stigmates de coups.
Elle doit partir. Sa mère et elle ne peuvent plus subir de telles violences.
Ce soir, elle ne rentrerait pas chez elle...

****

La nuit arrive tôt avec le passage à l'heure d'hiver.
L'adolescente qui n'avait pas eu le temps de prendre son manteau en s'enfuyant, tremble de froid... Depuis le drame, elle n'a pas bougé de sa « cachette » et elle ne sait pas où aller.
Elle a honte et ne veut absolument pas en parler à son ami Daniel.

18 h 00.
Sa mère a dû rentrer du travail.
Il faut qu'elle trouve un moyen de la contacter, mais comment ?
Peut-être qu'elle va essayer de la chercher, ne la voyant pas au domicile ?...
Peut-être qu'elle va descendre de l'immeuble en l'appelant, affolée ?...
Caroline décide de se rapprocher de son immeuble. Si sa mère l'aime, elle est persuadée qu'elle sera là, dehors. Elle lui dira tout, qu'il faut fuir José, qu'il faut partir, qu'elle n'en peut plus !

Une lumière bleue attire son regard dans la rue. Elle presse le pas, essoufflée, paniquée, elle croit comprendre... un camion de pompiers et des voitures de police stationnent en bas de SON immeuble.
« MAMANNN !!! ». Elle hurle.

Elle pense au pire ! Elle a peur que se soit trop tard...

****

Anaïs a hâte de reprendre le train le lendemain matin pour rentrer chez sa mère. Elle a enfin parlé à son père, mais ressent le sentiment étrange d'être à la fois apaisée de l'avoir trouvé et énervée qu'il n'ait pas été là pour l'élever.
Il lui a avoué avoir fait des erreurs de jeunesse, qu'il n'aurait pas dû les laisser elle et sa mère. Il a même demandé des nouvelles de Josiane.
Lorsqu'Anaïs lui a demandé de donner régulièrement des nouvelles, il a hésité et a répondu :
- J'ai une autre vie maintenant. J' préfère pas !

****

Un brancard recouvert d'un drap blanc est placé dans une ambulance.
Caroline se dit que c'est un cauchemar, qu'elle va se réveiller, sa mère ne peut pas partir comme ça, c'était impossible ! Elle sanglote en s'approchant de l'attroupement de badauds qui s'est formé autour des camions de secouristes et voitures de police.
Elle entend des hommes crier : « Dégagez ! », « circulez ! », « laissez de l'espace ».

Une veine dans son cou bat nerveusement, elle entend des bruits sourds de cognement : c'était son cœur…

« Laissez-moi passer, c'est ma mère… ». Sa voix est au ralenti, ses pas incertains, ses jambes en coton, comme dans ces rêves où l'on veut échapper au danger mais où il est impossible de courir…

« Laissez-moi… ». Un pompier aperçoit la jeune fille tituber, un énorme bleu sous l'œil, et s'approche d'elle.
- Mademoiselle, ça ne va pas ?
- Ma mèèèreee…
Elle a du mal à parler, elle montre le brancard du doigt.
Le pompier la retient par le bras et tend l'oreille. Il rassure la fillette :
- Non, c'est un homme qui est sous ce drap. Qu'est-ce qui t'est arrivé au visage ?
Caroline n'entend pas sa question. Trop d'émotions.
Et à cet instant l'adolescente voit sa mère sortir de l'immeuble entourée de deux policiers.
Son visage était sali de mascara.
Ses yeux rouges écarlates.

- Maman, appelle Caroline comme dans un ultime effort.
- Ma chérie ! Laissez-moi parler à ma fille, je vous en supplie, implore Marilyne aux deux hommes.

Elle s'approche de sa fille qui est toujours soutenue par le pompier, choquée par toutes ces images… Le brancard, le drap tâché de sang, sa mère…menottée !

- Tout va bien se passer mon cœur, ne t'en fais pas, ça va aller… J'ai appelé tante Anna, elle va s'occuper de toi. Mon Dieu ! Qu'est-ce qu'il t'a fait ?
La mère passe délicatement ses mains sur le visage à sa fille et lui sèche ses larmes. Elle s'approche de son oreille et lui murmure :
- Il ne te fera plus jamais de mal à présent.

Les lumières bleues, le bruit des sirènes, la foule, tout se mélangeait, tout valsait, tout allait mal, … Caroline s'évanouit.

****

20 h, hôpital Nord, Marseille

Bip, bip, bip, …
Le son répétitif d'une machine reliée à son bras par un cathéter retentit.
Caroline ouvre les yeux... Sa tante est assise à côté de son lit. Anna est une femme sincère. Ses cheveux d'un acajou clair lisses, tombent juste au-dessus des épaules et ses yeux marron clairs, teintés de vert reflètent la confiance. N'ayant jamais pu avoir d'enfant avec son mari Pierre, elle a toujours considéré sa nièce comme sa propre fille. Son métier d'assistante sociale collait parfaitement avec son caractère.
- Caro, ma puce, comment tu te sens ?
- Mal... Où es maman ?
Anna paraît gênée.
- Ta mère est en garde à vue...
- Quoi ? Pourquoi ?
- Elle... elle est suspectée du meurtre de José...
- C'est José qui était sous ce drap ?
- Oui.
Caroline eut comme un moment de soulagement, il ne les violenterait plus à présent...
- Mais... c'est vraiment maman qui... ?
- Chérie, je n'ai pas eu le temps de parler à ta mère, la coupe Anna. Elle m'a appelé une première fois pour me demander de venir d'urgence, sans explication. Puis, elle m'a rappelé quelques minutes plus tard sur mon téléphone portable, en larmes. Elle était

déjà au poste de police et elle m'a dit que les pompiers t'avaient transféré ici. Elle m'a demandé de m'occuper de toi le temps que…
- Le temps qu'elle sorte ?
Anna fit 'oui' de la tête. L'adolescente reprend :
- Elle n'en a pas pour longtemps, c'était de la légitime défense, il a dû recommencer et elle s'est défendue c'est tout !
- Recommencer quoi ? demande Anna inquiète.
- Ces coups, ses insultes ! Maman t'a jamais dit ?...
- Noonn !! Anna est choquée. Je… je n'étais pas au courant. Depuis combien de temps la frappait-il ?
- Plusieurs années maintenant.
Le visage de Caroline s'est assombri.
- Et toi ? interroge sa tante.
- Quoi moi ?
- Toi aussi il te battait ? C'est lui qui t'a fait tous ces bleus ?
Le silence de sa nièce veut tout dire…
- Oh mon dieu !! Anna est horrifiée. Est-ce qu'il t'a… ? Elle a dû mal à finir sa phrase.
Caroline éclate en sanglots en hoquetant un « oui ». Anna la serra dans ses bras, compatissante.
- Ce salaud ne te fera plus jamais de mal ma puce… Oh mon dieu… répète-t-elle. Est-ce que ta mère sait cela ?
- Non. J'ai tellement honte…
- Mais ce n'est pas toi qui doit avoir honte !! Si seulement j'avais su… Je l'aurais fait boucler ce porc !
- Tata ? Tu peux encore rester avec moi ? Je tombe de sommeil et je ne veux pas être seule…
- Bien sûr mon ange… Dors… Je suis là…

-4-

Une mère abattue

Dix ans après…
Avril 2009

Marilyne se sentait vieillie de 30 ans. Il faut dire qu'il n'y a pas de miracle, la prison ne l'aidait pas…
Depuis dix ans le moral était à zéro, les cernes se sont accumulées sous ses yeux, au coin de ses lèvres, sur son front, ses cheveux commençaient à blanchir.
Il ne s'est pas passé un jour sans qu'elle ne revoie les images sanglantes du 05 novembre 1999…

José qui gisait par terre inanimé, un filet de sang qui coulait de sa blessure jusqu'au sol, créant une flaque sombre sur le vieux carrelage…

Elle, l'arme dans les mains, son corps qui tremblait comme une feuille…

Les voisins qui s'agitaient dans le couloir après avoir entendu les coups de feu et tambourinaient à la porte pour savoir si tout allait bien…

La police qui a enfoncé la porte d'entrée peu de temps après, suite au silence de Marilyne, tétanisée, à genoux près du corps de José et toujours l'arme à la main…

La police qui lui a crié de jeter son arme et de lever les mains…

La sirène des pompiers qui s'approchait…

Tout s'est déroulé à une allure folle ce jour-là…

Elle se rappelle sa première nuit en garde à vue avec d'autres femmes : droguées, prostituées… Elle n'avait pas sa place ici, elle se sentait mal à l'aise, salie…
Elle n'avait qu'une chose en tête : savoir comment allait sa fille, demander à sa sœur de la prendre en charge.
Un coup de fil.
Elle avait eu droit à un coup de fil.
Sa sœur… Elle était en pleurs. Oui, elle irait à l'hôpital sur le champ, oui elle s'occuperait de Caroline le temps que cette histoire passe.
Marilyne avait eu le temps cette nuit-là de réfléchir aux conséquences. Un avocat allait lui rendre visite. Elle allait plaider coupable.

Elle se revoit au procès, elle revoit sa fille et sa sœur, terrifiées quand le verdict est tombé. Son avocat, la mine dépitée, la tête baissée entre ses mains… L'argument de la légitime défense n'a pas été entendu par le juge.
Vingt ans de réclusion criminelle… Vingt ans c'était interminable…

Aujourd'hui elle avait fait la moitié de sa peine.
Elle était fatiguée, amaigrie. Les insomnies étaient présentes toutes les nuits, et lorsqu'elle arrivait à dormir, les cauchemars prenaient le relais…

Caroline venait lui rendre visite tous les week-ends, comme un rituel. Elle n'a jamais raté une visite. Marilyne a suivi pas à pas pendant ces dix années les études et la vie de sa fille. Elle écoutait

toujours avec intérêt ses histoires et pour elle, ces quelques heures passées à parler avec la jeune femme étaient un don du ciel.
Caroline lui racontait tout : la cohabitation avec sa tante Anna et son oncle Pierre sur Aix-en-Provence, ses relations amoureuses, le déroulement de ses cours, les dates de ses épreuves d'examens... C'était un flot de paroles et un vrai plaisir de l'entendre.
Quand elle repartait, tout redevenait gris, triste, et morne. Elle devait attendre de nouveau une semaine avant une autre visite de sa fille. Son quotidien se résumait à ça depuis toutes ces années : l'attente.

****

Juin 2009

Aujourd'hui Marilyne attend sa fille avec impatience... Caroline doit lui annoncer si elle a réussi son concours de professeur de mathématiques.
Un gardien de prison vient lui ouvrir sa cellule :
« Votre fille est là, Madame Peres. ».
Un sourire apparaît à ses lèvres.

Le « maton » comme l'appellent les détenus emmène Marilyne en salle de visite. Sa fille est déjà assise à une table, rayonnante.

- Bonjour ma chérie.
- Bonjour maman.
- Alors, tes résultats ?

Caroline étire un large sourire.
- C'est dans la poche !
Sa mère pousse un petit cri de joie et la prend dans ses bras. Le gardien jette un œil vers elle et elle comprend qu'elle doit se calmer. Elle reprend plus doucement :
- Félicitations, je suis si fière de toi !
Tu vas avoir ton travail maintenant. Tu vas pouvoir être indépendante, chercher un appart...
- Oui, oui, maman... Mais tu sais, c'est pas facile de trouver un appart quand on vit seule. Anna m'a dit de prendre mon temps...
- Mais... c'est fini avec Daniel ?
- Notre relation n'a jamais été trop sérieuse. C'est surtout mon meilleur ami, tu sais ?
- Ah...

La mère paraît un peu déçue. Elle eut brusquement une quinte de toux...

- Excuse-moi, après mon rhume de cette semaine la toux apparaît... Pour reprendre sur Daniel, c'est ta vie ma chérie, mais c'est un garçon formidable... Penses-y... Au fait, il fait quoi maintenant ?
- Il vient de réussir son Master Pharmacie sur Marseille et cherche un poste. Et toi, comment tu te sens ? Demande-t-elle pour changer de sujet.
- Ca va... Rien de spécial, toutes mes journées se ressemblent... à part les week-ends où je te vois. Tu me redonnes du baume au cœur !

Ce que Marilyne cachait à sa fille c'est qu'elle avait fait quelques malaises ces derniers jours et que dans la semaine elle devrait faire des examens médicaux. Elle lui dira, mais pas aujourd'hui, car c'était un moment de joie qu'il ne fallait absolument pas gâcher !

- Je suis tellement heureuse pour toi ! J'aimerais tant pouvoir t'aider dans tes démarches... je me sens impuissante.
- Ne t'en fais pas maman, je m'en sors très bien !

Elle lui fait un clin d'œil.
- Tiens, je t'ai apporté une part de ton gâteau préféré !

Caroline lui sortit un petit carton de boulangerie contenant deux morceaux de tropézienne très crémeux et très appétissants.
- Mmmm... T'es un amour !

Les deux femmes profitèrent de ce petit moment convivial pour discuter des futurs projets de Caroline, comme si elles se retrouvaient devant une part de gâteau après un bon repas dominical à la maison.
Finalement, les choses simples sont les meilleures. Malheureusement on ne s'en rend pas toujours compte lorsque tout va bien...

****

22 juin 2009

Marilyne doit passer un scanner aujourd'hui. Suite à de nombreuses quintes de toux qui s'accentuaient, accompagnées de crachats sanguinolents, le docteur Périgot, inquiet, a demandé au centre pénitencier d'examiner rapidement l'état de santé de la femme.
Cette dernière patiente nerveusement dans la salle d'attente. Elle se doute que quelque chose ne tourne pas rond : cette toux, cette fatigue, le regard grave du docteur Périgot lors de sa dernière visite...
Une infirmière entre enfin dans la salle. Marilyne sursaute.

- Bonjour Madame Peres. Pardon de vous avoir fait peur.

Elle sourit. Elle avait l'air aimable et parlait d'une voix douce et rassurante.
Marilyne se met à penser que les gens détendus et polis au travail se faisaient rares de nos jours... Elle lui renvoie un sourire.
Elle reprend :
- Veuillez me suivre, s'il vous plaît.
- Oui... répond-elle d'un ton pas assuré...

L'infirmière la mène jusque dans une petite salle avec un fauteuil comme on en voit dans les laboratoires de prélèvement de sang.
- Je vous laisse vous déshabiller et enfiler ceci. Je reviens dans quelques minutes. Asseyez-vous dans le fauteuil quand vous aurez fini.
- D'accord.

La jeune femme réapparaît cinq minutes plus tard.
- Bien, je vous explique ce qui va se passer. Je vais vous placer une perfusion dans la veine du bras, il s'agit d'un produit de contraste que l'on injecte afin de mieux observer les images. Ensuite, vous allez vous allonger sur une couchette qui vous mènera progressivement à l'intérieur de l'anneau. Un tube à rayons X va tourner autour de vous, et grâce à un système informatique puissant, des images sont obtenues.
Je vous rassure, l'examen est totalement indolore.
Par contre, il est assez long, il faut comptez environ vingt minutes. En cas de problème quelconque, malaise ou autre, nous sommes perpétuellement à votre écoute, alors n'hésitez pas à le signaler à l'équipe médicale. Il vous suffit de parler, un écouteur est relié à l'équipe qui se trouve derrière la vitre là-bas.
Pas de question ?
- Non, ca va, merci.
- On y va ?
- Oui, je suis prête.

La jeune femme lui injecte le produit dans le bras et Marilyne prend place sur la couche de l'appareil imposant.

- Bien, la rassure l'infirmière. Maintenant, restez immobile, tout va bien se passer. A tout à l'heure.

Marilyne acquiesce de la tête car les mots ont du mal à sortir de sa bouche. Elle a froid, elle a peur, elle tremble...
La table se déplace lentement à l'intérieur de l'anneau. Elle ferme les yeux. Elle pense déjà aux résultats...

****

23 juin 2009

Jour J.
Marilyne se trouve de nouveau dans le cabinet du Docteur Périgot. Les résultats sont prêts. Il les accroche sur son tableau lumineux.
Les images sautent aux yeux de Marilyne. Elle comprend sur le champ. Elle y voit son torse en 3D, et une tache blanche qui ressort fortement.
- Malheureusement, commence le Docteur, je n'ai pas de bonnes nouvelles à vous annoncer...

Silence.
Il reprend :
- Vous voyez cette tâche blanche sur cette image ?

Il lui désigne une radiographie trois dimensions.
Elle acquiesce.

- Il s'agit d'une tumeur au poumon, Madame Peres. Je suis sincèrement désolé...

Silence.
Une, deux, trois, quatre, ... dix secondes...

Ses lèvres bougent.
- Je... Je peux m'en sortir ?

L'hésitation du docteur à répondre lui fait comprendre...
- La tumeur est grosse, enchaîne-t-il avec difficulté. Nous pouvons essayer la chimiothérapie mais à ce stade, vous êtes la seule à décider. Nous ne pourrons peut-être pas réussir à ...l'enlever.
- Je suis désolé, répète-t-il. Prenez le temps pour réfléchir.
- Combien... combien de temps me reste-t-il si on n'agit pas ?
- Deux, ... trois mois.
Cette réponse trancha aux oreilles de Marilyne. Elle rit nerveusement.
- Et si je décide la chimio ?
- Nous ne pouvons pas dire si la chimiothérapie vous guérira, vu la taille de la tumeur. L'inconvénient : vous serez plus fatiguée et plus rapidement, vous perdrez vos cheveux. L'avantage : il se peut que cette thérapie fonctionne... mais les chances sont faibles, je vous le répète.
- Si je comprends bien, si je ne fais rien : je suis condamnée. Si je décide de suivre le traitement, je suis également condamnée, mais avec effets indésirables en suppléments !

Silence.
- Dit comme cela... Prenez le temps d'y réfléchir et d'en parler à votre famille.
- Merci Docteur pour votre franchise.

****

Le choix de Marilyne était pris depuis sa conversation avec le docteur Périgot : elle ne fera aucun traitement et elle ne demanderait pas l'avis de sa fille. Cette décision l'appartient après tout.
Doit-elle en parler de suite à Caroline ?
Doit-elle attendre ?
Elle se sent soudain abominablement seule.

****

4 juillet 2009

Après plus d'une semaine de réflexion, Marilyne a décidé d'annoncer son cancer à sa fille.
Caroline sort du parloir les yeux rouges écarlates. Elle court vers sa voiture, sentant que les larmes montent de nouveau. Elle s'assoit sur le siège conducteur, claque la portière et éclate en sanglots, la tête sur le volant.
Trois mois… c'était rien ! Trois mois tout au plus et sa mère ne serait plus là… C'était affreux. Elle se demande ce qu'elle avait bien pu faire de mal pour subir de tels malheurs depuis son enfance….

Elle tourne le contact : elle devait absolument voir Daniel ! Lui, saura trouver les mots pour la consoler.

Il avait un joli petit studio dans une résidence au cœur de Marseille.
Elle démarre en trombe.
Après vingt minutes de trajet, elle se dirige dans une petite rue perpendiculaire à l'Avenue du Prado, elle arrive à un portail électrique. Elle compose le code d'accès qu'elle connaissait par cœur et entre dans le parking extérieur de la résidence.
La jeune femme sonne au bas de l'immeuble à son ami.
- Oui ?
- Dan, c'est Caro.
- Ah… euh… je t'ouvre. ».
Un bip retentit.
Bizarre sa voix, il parait gêné de cette visite surprise. Elle monte les escaliers en sautant des marches.
La porte du studio s'ouvre.
- Salut Caroline.
- Salut Danny. Faut que j'te parle, ca va pas…
- Entre, je t'en prie.
- Bonjour, dit une petite voix féminine.
Une jeune femme brune très mignonne se tient assise sur le canapé de Daniel, une tasse de café à la main. Ses cheveux relevés par une pince dévoilent un cou fin, orné d'un collier en argent à grosse maille. Quelques mèches de cheveux tombent en ondulation sur ses épaules nues. Elle porte une robe bustier blanche qui révèle son bronzage parfait. Manifestement, elle s'était pomponnée et ça ne devait pas être pour rien.
Caroline déchante. La « bimbo » se lève du canapé pour s'approcher de Caroline et la saluer. Cette dernière, recule d'un pas, machinalement, vers la sortie.
- Oh, excusez-moi ! Je dérange ! Je n'aurais pas dû venir…

Caroline honteuse à mort, sort de l'appartement. Elle descend les escaliers en courant.
« Caro, attends ! » crie Daniel.
Mais elle trace sans se retourner, remonte dans sa voiture et repart en trombe.

-5-

Une vie presque normale

Août 2009

Le chant des cigales est assourdissant. La température extérieure est de 32° Celsius, les rayons de soleil sont brûlants.
Caroline entame les premiers allez-retours pour son emménagement, aidée de sa tante et de son oncle.
Le chargement de la voiture fut laborieux avec cette chaleur écrasante, mais la bonne humeur était au rendez-vous.
Anna ferme la portière après avoir placé le dernier carton qui pouvait s'entasser dans la voiture de sa nièce.
« Allez, encourage-t-elle, encore deux allez-retours maxi et tout sera chez toi ! ».
Elle était contente pour Caroline, mais elle savait que ce pincement au cœur allait rester quelques semaines, le temps de s'habituer à l'absence de la jeune fille.
« Oui... chez moi... » répond cette dernière, pensive. Elle avait enfin eu la convocation de l'éducation nationale pour la rentrée scolaire de septembre. Ainsi, elle avait cherché et trouvé un petit appartement coqué à l'étage d'une maison de ville située sur Gardanne, à cinq minutes de son établissement.
Tous les éléments semblaient lui sourire à présent, une page était tournée. Elle avait désormais un travail, un logement. Il ne manquait plus qu'un homme à ses côtés...
Certes, elle avait eu plusieurs relations mais rien de sérieux. En ce moment c'est avec Emmanuel qu'elle sortait, ancien étudiant

et futur professeur lui aussi. Mais le cœur de Caroline lui faisait comprendre qu'il n'était toujours pas le bon...
- A tout à l'heure tante Anna, le temps de décharger avec tonton et de revenir.
- OK, a tout à l'heure ! » répond Anna en faisant un clin d'œil à sa nièce et son mari.

Après avoir déchargé la voiture, non pas sans difficulté avec la chaleur étouffante du mois d'août, Pierre et Caroline décident de commencer à monter une étagère achetée quelques jours avant.
Entre les cartons empilés dans un coin de la pièce principale et les planches de l'étagère étalées au sol, le passage s'avérait impossible. Caroline sourit :
- C'est mignon ici mais petit !
- C'est que le début, t'en fais pas, va ! Le premier appart est toujours petit. Tiens, passe-moi le tournevis à tes pieds, s'il te plaît.
La jeune fille prenait plaisir à travailler avec son oncle, il régnait une complicité entre eux qu'elle n'avait jamais ressentie avec son beau-père... De part ses épaules larges carrés et sa grande taille trapue, Pierre inspire le respect. Sa stature de rugbyman – il pratique ce sport depuis vingt ans maintenant – intimide de nombreuses personnes, surtout dans le cadre de son travail de kinésithérapeute.
Quelqu'un tape à la porte. Caroline paraît étonnée : « Je n'attends personne ! ».

- Daniel ?! Salut. Entre !
- Salut ! Je me suis dit que je pouvais me rendre utile ? Bonjour Pierre.
- Bonjour Daniel, répond l'oncle en lui donnant l'accolade.
- C'est gentil de nous aider, pourquoi pas... rougit Caroline. Tu peux finir de monter l'étagère avec Pierro pendant que je commence à vider un carton ?...
- Allez, c'est parti !!

Avec deux hommes à la tâche, l'étagère était sur pied en moins de dix minutes.

- Yeah !! admire la jeune fille. Vite fait, bien fait !! C'est bientôt midi. Tu manges avec nous Dany ? On retourne manger chez ma tante et mon oncle.
- Non, merci. Cela aurait été volontiers mais je dois préparer la maison des calanques avant les vacances. Si tu changes d'avis, vous êtes toujours les bienvenus avec Manu.
- Ok, merci. J'en reparle avec lui et selon l'avancement de mon emménagement je te rappelle.
- Ca marche ! Alors, à bientôt ?
- Oui, à bientôt et merci pour ton aide. Salut !
- Salut !

Pierre fait un clin d'œil à sa nièce qui rougit.

****

Cet avant-dernier samedi d'août s'annonçait brûlant. Emmanuel monte la climatisation de sa voiture. Caroline, à ses côtés regarde fixement le paysage défiler sur sa droite. Elle adorait prendre cette route escarpée qui mène à la mer et au petit port de La Redonne. Elle entre-ouvre la vitre côté passager afin d'entendre le chant des cigales. Il se dégage soudain une odeur chaude de pins qu'elle respire à plein nez.
Emmanuel l'observe furtivement du coin de l'œil, silencieux. C'est elle qui casse le silence :
- Je suis sûre que ça va nous faire du bien à tous les deux de passer quelques jours à Méjean avec des amis, dit-elle convaincue.
Elle reprend après quelques secondes :
- Je t'en prie, Manu, ne m'en veut pas pour hier... Je ne veux pas te perdre comme ami. Tu sais, ces trois semaines passées ensemble étaient super, mais je ne me sens pas prête à aller plus

loin... N'en parle à personne pendant les vacances, s'il te plaît. Ils n'ont pas à savoir... pour le moment...

Le Grand Méjean apparaît enfin. Du haut d'une route étroite et pentue, une vue époustouflante teintée de turquoise s'offre à leurs yeux... Cinquante mètres après, la voiture s'arrête.
Daniel qui devait guetter leur arrivée, descend comme un enfant l'escalier d'une maison de village.
L'endroit était simple mais plein de charme. Une plante grimpante couleur rose fuchsia envahissait la façade de la vieille bâtisse et contrastait avec le bleu du ciel. Il y avait un balcon à l'étage assez spacieux pour accueillir une grande table que l'on devinait entre les barreaux d'un garde corps en fer forgé et entre les branchages entremêlés de la plante fleurie. Un canoë kayak était adossé à un pan de mur du balcon.
L'endroit respirait les vacances, et la tranquillité.
En face de la maison de ville se tenait un petit restaurant discret, où des tables en bois se dressaient sur des tréteaux pour accueillir les clients d'une manière très conviviale.

Daniel, en mode « vacances » avec son bermuda et son bob, leur indique où se garer un peu plus loin. Caroline remarque de suite son sourire radieux, il avait l'air vraiment content qu'ils - ou plutôt qu'elle - ait pu venir.
Il les aide à porter les bagages et les guide jusqu'aux escaliers de la maison familiale menant à une vieille porte en bois massif.
Daniel explique que ses parents ont séparé le rez-de-chaussée et l'étage en deux appartements distincts afin de pouvoir louer le bas.
« Bienvenus » dit-il plein d'entrain, en leur faisant signe d'entrer.
Un couple d'amis assis sur le canapé du salon-cuisine se lèvent, souriants afin de les saluer. Le gars et la jeune femme allaient très bien ensemble, blonds tous les deux, avec de beaux yeux bleus. Une silhouette fine venant d'un petit couloir sombre fait apparition. *« C'est elle »* pense Caroline qui reconnut la « bimbo » du mois dernier, le jour où elle était venue en pleurs chez Daniel... Son cœur se met à battre fort lorsqu'elle lui dit

bonjour, sans comprendre pourquoi. Est-ce une pointe de jalousie ? Elle passe vite cette idée.
Mais cette sensation s'amplifie lorsque la petite amie de Daniel arbore un sourire « forcé » à son attention. Leurs sentiments étaient peut-être réciproques, pense-t-elle.
L'hôte, toujours aussi plaisant et heureux de réunir ses amis fait les présentations :
- Voici Brice et Elsa, un couple d'amis. Brice joue dans mon équipe de foot depuis deux ans… et bien-sûr Cécile, ma copine.
- Enchantés, répondent les nouveaux arrivants.

Les embrassades terminées, ils décident tous de se préparer pour la baignade.

Le premier après-midi fut parfait pour débuter la semaine de vacances : grand soleil, mer d'huile et ambiance détendue.
Après avoir longé à pieds un petit sentier dans les calanques, la petite troupe avait choisi de descendre une pente escarpée pour se caler en contrebas sur des rochers plus ou moins plats, à l'abri des passants et des regards.
L'endroit était vraiment idéal. Ceux désireux de bronzer avaient des places ensoleillées, ceux cherchant l'air plus frais, avaient trouvé l'ombre sous un pin. Le son des cigales était interrompu par des rires, des cris joyeux, et le « plouf » des plongeons dans l'eau turquoise et transparente.

Le soir, les six jeunes gens marqués de coup de soleil, se réunissent à une table du petit restaurant. Le choix était succinct, mais tous eurent un penchant pour la pêche du jour. L'endroit, basique avec ses longs bancs de bois accueillant plusieurs familles à la même table, ne manquait pas de charme et de convivialité. Des petits lampions pendaient de la pergola en fer forgé et éclairaient d'une lumière douce et agréable les assiettes bien remplies. Tous apprécièrent la qualité du repas servi à la bonne franquette.

****

L'étage de la maison familiale est composé de deux chambres et une pièce de vie regroupant salon et cuisine séparés juste par un comptoir, le tout joliment aménagé.
Les murs du salon peints en beige, offrent une belle luminosité. Le comptoir paré de pierres claires, donne à la pièce une atmosphère rustique qui contraste avec les meubles rouges laqués de la cuisine, très modernes.
Une toile abstraite aux tons de rouge est accrochée au-dessus d'un clic-clic noir. Sur les murs du couloir menant aux chambres, des cadres photos sont affichés. Il s'agit des photographies de famille, mais surtout de Daniel enfant : Daniel sur un rocher se préparant à plonger ou en arborant fièrement une très grosse daurade.
Pour les nuits de la semaine à venir, Daniel et Cécile occuperaient le clic-clac du salon, alors que les deux autres couples dormiraient dans les chambres.
Après le bon repas qu'ils avaient dégusté et les effets du soleil, tous s'endorment rapidement, bercés par le son des grillons.

****

Huit heures du matin. C'est tôt pour des vacances, mais Daniel, tout excité est réveillé déjà depuis une bonne demi-heure.
Impatient de préparer le petit-déjeuner pour ses convives, il décide de se lever, au grand désarroi de Cécile.

Il ouvre les vieux volets récemment repeints en bleu lavande, couleur de la Provence, et un flot de lumière envahit le salon.
Cécile pousse un grognement désapprobateur et se niche sous le drap.
« Dany, qu'est-ce que tu fous ?! ». Elle chuchote mais au regard de sa grimace, son petit-ami comprend son mécontentement.

« Je n'arrive plus à dormir, et comme c'est moi qui reçois, je dois préparer un minimum ! Et puis, il fait un temps magnifique, ça me donne une de ces pêches ! ».
Il est tout joyeux, comme un enfant un soir de Noël.

Exaspérée, elle décide elle aussi de se lever.
Les autres couples, réveillés par la bonne odeur des crêpes et du café chaud, les rejoignirent une demi-heure plus tard.

« Wouah ! T'as sorti le grand jeu se moque gentiment Caroline. Crêpes maison, croissants croustillants encore chauds, jus d'orange pressé...

Brice siffle d'admiration.

- Prends-en de la graine au lieu de te moquer, raille Elsa.
- Les croissants, c'est Cécile qui est allée les chercher ! Servez-vous tant que c'est chaud ! ».
Il envoie un clin d'œil à cette dernière, qui ne semble pas très réceptive, et tourne la tête. Au fond d'elle, elle sent que Daniel est heureux de revoir Caroline et que ses efforts fournis lui sont sûrement destinés à elle...

Ils décident tous du programme du jour en avalant leur petit-déjeuner comme des affamés. Ce sera pêche à la ligne le matin et canoë kayak l'après-midi. La mer semblait aujourd'hui encore très calme, fallait en profiter, car dans la région le mistral était récurrent...

****

« J'ai une touche !! », crie Caroline.
Tous me moquent d'elle, la voyant lutter pour remonter sa ligne.
Daniel se place derrière elle, pose ses mains sur les siennes pour l'aider à tirer la canne, tandis que Manu attrape le poisson en vol et lui enlève l'hameçon : « C'est une belle daurade, bravo Caro » lui félicite-t-il.
Cécile, qui se tient à côté de la scène lance un regard foudroyant à Daniel qui a encore ses mains sur celles de son amie. Tous ces petits gestes accumulés de son petit-ami envers Caroline commençaient fortement à l'agacer.

La pêche du matin n'avait pas été très fructueuse pour nourrir six personnes : une daurade et quelques petites girelles, mais le groupe était tout de même satisfait.

L'après-midi se passa sous un soleil de plomb, crèmes solaires et chapeaux de sortie. Seuls Brice et Elsa décidèrent de ne pas faire de canoë et de rester en amoureux.
Pour les quatre autres, la sortie se passa sans encombre, et Cécile fit des efforts pour rester souriante.

****

Le feu du barbecue crépite et allume de sa chaude lumière la plage de galets du Petit Méjean. Ne pouvant pas faire de feu sur le balcon, ils avaient choisi cette plage.
Brice gratte un air de Bob Marley sur sa guitare en chantonnant. Les autres, assis autour de lui chantent avec lui de bon cœur, un verre de rosé à la main.
Daniel s'occupe du barbecue. Les poissons pêchés du matin cuisent sur la grille, accompagnés de brochettes de viande et de patates enrobées de papier aluminium.

La nuit était encore douce et les étoiles scintillaient de leur plus belle lueur.

****

Les jours défilèrent à toute allure. Le reste de la semaine était ponctué de chasse sous-marine pour les hommes, bronzette et baignade pour les filles, marche dans les calanques en groupe... bref des vacances réussies.

Le dernier soir arrive...

Le téléphone portable de Caroline sonne. Le numéro qui s'affiche est inconnu.
« Allô ? répond-elle. Ah maman bonjour ! ».
Le sourire qu'elle affiche s'éteint soudain. Daniel comprend que quelque chose ne va pas. Son amie va s'exiler dans une chambre, porte close.
Les minutes passent et un silence pesant envahit le salon habituellement animé à cette heure-ci de la soirée, heure de l'apéritif...

Caroline sort enfin de la chambre, les yeux rouges et remplis de larmes. Elle s'excuse, dit vouloir prendre l'air sur la plage un moment et que le groupe ne l'attende pas pour manger.

Daniel a une envie irrépressible de la suivre, mais le regard menaçant de Cécile l'en dissuade. Et puis, après tout, elle est sortie pour se retrouver seule. Il irait la rejoindre si elle tarde trop…
Emmanuel étant sous la douche, n'avait pas assisté à la scène.
Quelques minutes s'écoulent.
Le petit groupe se lève afin de mettre la table et Daniel profite de ce moment de distraction pour enrober dans du papier aluminium une part de gâteau préparé par Elsa l'après-midi même. Emmanuel se trouve toujours dans la salle de bain.

Cécile comprend les intentions de son petit-ami. Discrètement elle lui attrape le bras et lui souffle dans l'oreille :
- N'y va pas, s'il te plaît, elle va revenir… Et puis c'est Manu qui doit la consoler.
- Je suis désolé Cécile, je dois lui parler, je suis son meilleur ami.
- Si t'y vas, ce sera fini entre nous !

La conversation se fit en aparté afin que l'autre couple ne ressente pas la tension. Daniel, choqué par les propos bruts de sa petite-amie, laisse passer quelques secondes, ne sachant pas quoi répondre, puis :
- C'est un ultimatum ?
- Prend ça comme tu veux ! répond-elle méchamment, le fixant dans les blancs des yeux.
- Ok, sache que je déteste le chantage Cécile. Si c'est comme ça que tu le prends… tant pis !

Enervé, il claque la porte d'entrée.

****

Le repas se passe avec une certaine gêne, Brice et Elsa faisant tous les efforts du monde pour lancer une conversation.
Le dîner terminé, plus d'une heure s'était écoulée depuis le départ de Caroline et Daniel.
Emmanuel décide de laisser les deux amis parler. Après tout, lui et Caroline n'était plus ensemble et Daniel la connaissait depuis bien plus longtemps que lui…

****

Daniel n'eut pas de mal à la trouver. Elle était là, assise sur les galets de la petite plage, les pieds dans l'eau, les yeux gonflés par le chagrin, et le regard dans le vide.
Il s'assoit à côté d'elle et lui tend la part de gâteau avec un sourire.
- Tiens, je sais que les sucreries t'ont toujours aidé à garder le moral.
Il arrive à lui décrocher un petit sourire.
- Qu'est-ce qui s'est passé ?
- Ma mère a été transférée à l'hôpital sous surveillance de la police, son état empire chaque jour… J'ai peur Dany…
Elle sanglote dans ses bras. Il lui caresse doucement les cheveux. Ce soir là, il ne trouvait pas les mots pour la rassurer, la perte d'un parent étant inconsolable. Il lui dit juste : « je serai toujours là pour toi… ».
Ils restent ainsi plusieurs minutes à regarder la mer, les larmes de Caroline qui avaient abondamment coulées dans son cou, finissent par se tarir.

Les eaux turquoise continuent à scintiller au large, alors que le ciel prend des teintes roses, et les rochers se colorent des mêmes tons chauds.
Il rompt le silence :
- Et puis, tu as Manu aussi...
- Manu et moi ne sommes plus ensembles depuis la semaine dernière, avoue-t-elle.
- Je... je suis désolé, je ne savais pas...
Elle sourit timidement.
- C'est pas grave, c'est moi... j'étais pas prête... C'est un bon copain maintenant et c'est mieux comme ça.

Elle reprend après hésitation :
- Ce n'est pas le bon... Et toi, avec Cécile, t'es heureux ?
Il hésite.
- Je crois que... ce n'est pas la bonne pour moi non plus ! On s'est disputé tout à l'heure. Elle est trop possessive, je ne peux pas rester avec une fille comme ça, et... mon cœur bat pour une autre...

Il se rapproche d'elle, le regard brillant. Ils se fixent au bon moment sans mot dire. Puis, le jeune homme prend le visage de son amie dans ses mains, attirant ses lèvres vers les siennes. Son baiser est tendre et absolument troublant.

« Ca me rend fou de te voir pleurer » lui souffle-t-il.

Un frisson parcourt tout le corps de Caroline. Elle est soudain gênée par la situation, mais lui rend son baiser, plus intense encore. Ce soir, elle n'a pas envie de réfléchir, elle a envie de se laisser aller et de penser à elle.
Une brise chaude et agréable d'été gonfle le chemisier de la jeune femme, dévoilant sa poitrine. Daniel hésite, puis le déboutonne lentement et le fait glisser sur ses épaules, les inondant des petits baisers délicats. Il embrasse le cou de Caroline, juste sous l'oreille et s'enivre du parfum qui s'en dégage.

Elle rejette sa tête en arrière afin qu'il continue plus intensément ses baisers.
C'est par cette soirée chaude d'été, bercés par le bruit des vagues et par le son lointain des grillons que les deux amants s'unirent, le corps de Caroline couvrant celui de Daniel…

****

Les deux amants rentrent à la maison de vacances, silencieux, se promettant de ne rien laisser paraître, mais le cœur battant à tout rompre.
Cette nuit là, Cécile et Daniel ne se parlèrent pas, dormant chacun dans leur coin aux extrémités du clic-clac.

-6-

Acharnement

Septembre 2009

Dix ans après la rencontre avec son père, Anaïs a plus que jamais soif de vérité.
Un an après le décès de son père, la jeune femme, totalement renfermée sur elle-même avait fait une grosse dépression. Elle avait commencé par faire des insomnies chaque nuit. Les somnifères n'y faisant rien, bien au contraire, ils l'endormaient la journée, elle s'était mis aux antidépresseurs. C'est à ce moment là que sa descente aux enfers avait commencé : envie de rien, arrêt des études, perte de nombreux amis, pleurs tous les jours jusqu'à la tentative de suicide. Elle avait mis plus de deux ans à s'en sortir. C'est le sport qui l'a aidé à s'en sortir.
Acharnée dans ce domaine qu'elle considérait comme défouloir, elle avait décidé après l'arrêt de ses études en faculté de psychologie, de devenir professeur de karaté.
Aujourd'hui, âgée de vingt-neuf ans, et ressentant toujours un manque pour combler sa vie, elle décide de retourner dans le sud de la France afin de connaître les circonstances exactes de la mort de son père José.

Elle se souvient l'automne 1999...

Elle souhaitait revoir son père une dernière fois avant de remonter sur Paris. Même si deux jours avant, cet homme lui avait fait comprendre que sa vie était ici maintenant et qu'il ne souhaitait pas se replonger dans le passé.
Ils avaient discuté une bonne heure dans ce bar... Il ne lui avait pas donné de raison valable pour justifier son départ quelques mois après sa naissance, juste qu'il était bien trop jeune pour assumer un enfant et qu'il préférait fuir...
Bien sûr... C'était bien plus simple comme ça pour lui ! pensa-t-elle.
Un sentiment de dégoût et de colère envers ce « père » était monté en elle, et elle était sortie du bar. Il ne l'avait pas retenue.
Deux jours après, elle voulut lui dire qu'elle le pardonnait mais qu'elle n'oublierait jamais... Elle allait tout simplement lui dire qu'elle retournait chez elle et qu'elle ne chercherait plus à le revoir, sauf si LUI en prenait la décision.
Elle était retournée à son immeuble en cette fin d'après-midi...
Une ambulance projetait des lumières bleues sur la façade du bâtiment. Des gens étaient attroupés, certains étaient affolés...
Que se passait-il ?

Elle a vu... Une fillette évanouie... Une femme menottée... Des pompiers refermant les portantes battantes de leur camion.
Elle a demandé à un homme qui regardait la scène, touché, ce qui était arrivé. Il lui avait répondu : « Mon ami José vient d'être assassiné par sa femme... ».
- José ?? José comment ?
- Peres ».
Une larme avait coulé sur la joue de l'homme et Anaïs, choquée s'était éloignée de la scène du drame en titubant.
Elle se sentit manquer d'air et eut une envie soudaine de partir loin, loin, et de n'être jamais venue jusqu'ici. Elle avait retrouvé son père biologique deux jours avant. Aujourd'hui, elle le perdait définitivement...
Oui, elle rentrerait chez elle le lendemain, elle avait besoin de retrouver sa mère, son cocon, de faire le deuil de cet homme « inconnu » jusque-là. Ses idées n'étaient plus claires...

Le lendemain soir, aux informations, sa mère et elle entendirent la terrible nouvelle :
« Le drame s'est passé dans les quartiers Nord de Marseille. Une femme nommée Marilyne Peres, âgée de 38 ans, a tué son mari, José Peres, 40 ans. Dès l'arrivée des secours, elle a avoué froidement son crime. Nous ne connaissons pas encore les circonstances exactes de la scène. Des passants affirment avoir entendu deux coups de feu. Une enquête a été ouverte et la femme mise en détention le soir même…»

- Nom de Dieu !! avait lâché Josiane. Qu'est-ce que ce salaud a bien pu faire pour que cet' pauvre femme l'assassine ?...
- Maman, arrête ! T'as pas le droit de parler comme ça ! C'est mon père qui vient de mourir !
- Excuse-moi chérie, mais c'est peut-être mieux comme ça… Cet homme était …

Elle cherche ses mots, et reprend :

- Oh ! et puis, tu l'as bien vu ! Toi qui t'es donnée tout ce mal pour le connaître ! Il t'a repoussé sans état d'âme, Anaïs !

La jeune fille, choquée par les propos de sa mère était partie s'enfermer dans sa chambre en claquant brutalement la porte.

Anaïs suivaient tous les jours les informations à la télévision. Quelques jours après : « L'enquête José Peres suit son cours… Plusieurs habitants de l'immeuble ont bel et bien affirmé avoir entendu deux coups de feu le 05 novembre dernier. Or, suite à l'autopsie, qu'une seule balle a été retrouvé dans le corps de la victime. La police judiciaire a mis tous les moyens en œuvre pour retrouver cette pièce manquante. Un périmètre au pied de l'immeuble a été balisé pour fouilles. En effet, la fenêtre de l'appartement de Monsieur Peres et sa femme était ouverte au moment où les secours et la police sont arrivés. Il se peut que la balle ait atterrit plus bas, dehors. Par chance, il n'y a eu aucun blessé… »

Au fil des jours, l'affaire avait été étouffée. Plus de nouvelle... La vie de la jeune fille avait repris son cours...

Avec l'accès à Internet qui s'est popularisé, tout est beaucoup plus simple et plus rapide de nos jours : réservation de billets de train, réservation d'une chambre d'hôtel... En l'espace d'un quart d'heure Anaïs avait préparé son séjour sur Marseille. C'était bien différent il y a dix ans, alors que sa mère et elle n'avaient même pas d'ordinateur...

Le bruit familier de la sonnerie SNCF résonne dans la gare de Lyon, suivit d'une voix féminine robotisée : *Le. Train. n° 7859. A destination de. Marseille...*
Anaïs a désormais l'habitude de prendre le train pour aller à droite à gauche, les jours de compétition de karaté.
La jeune fille a fait bien du chemin et la vie - *sa* vie - l'avait endurcie.
En plus de son sport favori, elle s'était mise au tir plusieurs années d'affilées et avait ensuite obtenu une autorisation de détention d'armes. Son pistolet semi-automatique de calibre 9 mm ne la quittait plus pendant ses déplacements. Bien que dix ans auparavant, elle possédait un caractère bien trempé aux allures de garçon manqué, aujourd'hui, elle s'est affirmée et féminisée. Elle a laissé ses cheveux pousser, elle prend soin de maquiller ses yeux noirs intenses, et de s'habiller plus cintré.

Elle n'était pas retournée à Marseille depuis le drame et les lieux ont bien changé. La gare s'est dotée d'un nouveau hall, offrant un espace d'accueil plus spacieux aux voyageurs. De nouveaux magasins, cafés et brasseries se sont ouverts. Elle en profite pour grignoter un morceau avant de repartir vers les rames du métro.

****

Cette fois-ci, elle a décidé de se faire plaisir et de s'offrir un hôtel à proximité du Vieux Port. Quitte à venir une fois tous les dix, fallait profiter !

La vue est magnifique depuis sa chambre. La météo de septembre offrant encore de belles éclaircies, elle prend le temps de se poser quelques minutes, fenêtre ouverte, pour observer Notre Dame de la Garde, les voiliers qui amarrent, les îles Frioul et If plus au large.

La sonnerie de son téléphone portable retentit. Elle se demande qui cela peut être. Bientôt trente ans et toujours pas de relation stable. Elle avait enchaîné plusieurs relations mais aucune ne lui convenait. Plus elle vieillissait et plus elle se trouvait difficile. L'homme de sa vie devait être parfait, alors elle attendrait, cela ne lui faisait pas peur.

« Allo maman... soupire-t-elle. Oui, tout va bien... L'hôtel, super !!... Ok... Bon, je te laisse je suis pressée ! Bisou bisou ! bye ! ».

Josiane Cambri ne comprenait pas pourquoi sa fille s'acharnait autant pour son père qui l'avait abandonné vingt-neuf ans en arrière. Pour elle, il n'en valait pas la peine, d'autant plus qu'il n'avait pas cherché à la connaître quand Anaïs l'avait retrouvé en 1999. Même enterré, sa fille continuait à être obsédée par lui et cela la désolait.

Anaïs raccroche en se promettant de ne jamais devenir « mère poule », avec un petit sourire.

L'heure tourne et son après-midi semble chargé. Elle laisse sa valise sur le lit et repart en direction du métro.

****

Anaïs se trouve devant les bureaux du palais de justice de Marseille. Elle souhaite absolument consulter le dossier de l'affaire de son père et espère qu'elle y aura accès. Elle se souvient vaguement de ce qu'elle avait entendu aux informations à l'époque : deux coups de feu avaient été tirés, mais une balle avait été retrouvée dans le corps de son père. La police judiciaire avait-elle eu d'autres éléments depuis ?

L'édifice blanc, classique, construit sous le second empire, arbore une façade principale donnant sur la place Montyon et six colonnes surmontées d'un fronton triangulaire sur lequel est représentée la justice. Anaïs prend son courage à deux mains, monte les vingt-cinq marches d'un perron et pousse l'imposante porte monumentale.

Impressionnée par l'atmosphère régnant dans le hall, par ces hommes et ces femmes passant devant elle, vêtus de longues robes noires aux cols blancs, elle s'avance vers un bureau d'accueil. La personne qui s'y trouve semble submergée par le travail, la tête baissée derrière un écran d'ordinateur. Anaïs se racle la gorge, gênée de déranger et se lance :

- Bonjour Monsieur, je souhaite consulter un vieux dossier datant de dix ans, il s'agit de l'affaire José PERES. Est-ce possible ?

L' « homme derrière son écran » ne réagit pas de suite en marmonnant un *« une minute s'il vous plaît ! »,* cependant un autre homme, non loin de l'accueil et d'un distributeur automatique de boissons, s'approche, un gobelet de café à la main.

- Excusez-moi, je viens d'entendre malencontreusement votre demande. Je ne veux pas être indiscret, mais vous êtes de la famille de Monsieur PERES ?

- Excusez-moi, mais en quoi cela vous regarde ?... demande-t-elle irritée.

Doit-elle se méfier de cet homme? Il sourit. *Qui est-ce ?*

- Je suis magistrat, reprend-il, comme s'il lisait dans ses pensées. J'ai participé au procès de l'affaire PERES. Jérôme Régis. Et vous ?

Elle est soudain comme tétanisée.
- Je... Je suis la fille biologique de José PERES...

L'homme semble surpris de l'apprendre. Son visage est conciliant. La jeune fille devine qu'il est une personne de confiance. Elle n'arrive pas à décoller son regard du sien. Ses yeux gris foncés teintés de bleus, dévoilent un certain charisme ; ses cheveux poivre et sel à la « George Clooney » le rendent irrésistiblement séduisant, ses traits marqués aux bords de ses lèvres révèlent une stature importante. L'homme arborant un teint bronzé et un sourire blanc éclatant devait avoir une quinzaine d'années de plus qu'elle, mais Anaïs reste quelques secondes muette, sous l'effet de son charme et reprend intimidée :
- Je m'appelle Anaïs Cambri. Je porte le nom de jeune fille de ma mère.
- Oh... Je vois.
- Vous croyez que vous pouvez me renseigner? Vous vous souvenez bien de cette affaire judiciaire ?
- Eh bien, je pense avoir bonne mémoire. Allons dans un café pour en parler plus tranquillement si vous le souhaitez. J'ai une heure à tuer.

Elle regarde le gobelet de café dans la main de ce certain Monsieur Régis. Il sourit :

- Celui-ci est infect !
Il le jette dans une poubelle à proximité.

Erf !! Boire un verre en tête à tête avec un magistrat !
- D'accord, répond-elle tremblante.

En rejoignant la porte de sortie, elle se demande ce qui l'impressionne le plus chez lui : est-ce le fait qu'il soit un homme de loi ou tout simplement le fait qu'il soit très attirant pour son âge ?
L' « homme derrière son écran » lève enfin le nez, en soufflant désespérément un : *Je vous écoute.* Trop tard... Anaïs est déjà sortie du bâtiment.

****

Il est dix-sept heures, la terrasse du café est bondée, les gens profitant au maximum des jours ensoleillés de septembre.
Le magistrat commande un café et un verre d'eau. Anaïs fait de même. Un peu tard à son goût pour prendre un café, mais tant pis ! Au diable les insomnies !

C'est lui qui commence la conversation :
- Alors, que voulez-vous savoir Mademoiselle... Cambri, c'est bien cela ?
- Oui. En fait, je n'ai jamais connu mon père... Quelques mois après ma naissance, José a quitté ma mère. Celle-ci m'a toujours affirmé qu'il était mort... jusqu'à ma majorité. Alors, j'ai voulu le connaître. Je l'ai vu qu'une seule fois.

Elle s'arrête un moment, pensant qu'il est préférable de ne pas raconter qu'elle l'avait vu deux jours avant sa mort. Le magistrat pourrait mal interpréter cela et avoir des suspicions. Elle reprend calmement :

- Il a préféré effacer son passé, et poursuivre sa vie... sans moi...

Le regard de Jérôme est plein de compassion.
Le barman sert les consommations avec du retard. Pas étonnant avec tout ce monde... Jérôme dégaine son portefeuille : « Laissez, c'est pour moi ! »

Gentleman en plus, pense-t-elle.
Il regarde sa montre discrètement. Il semble pressé.

- J'ai accepté la situation, poursuit-elle. Ensuite j'ai appris sa mort aux informations, ce qui m'a bouleversé ! Aujourd'hui, je souhaite connaître la vérité sur ce qui s'est passé...
- Eh bien, vous devez le savoir par les médias, sa femme l'a assassiné froidement, deux balles dans le corps.
- C'est justement là où je veux en venir, Maître... euh...
- Je vous en prie, appelez-moi Jérôme.
Il engloutit son café, regarde de nouveau sa montre et l'empêche de continuer son récit :
- Vraiment, mille excuses, j'ai un rendez-vous important avec un avocat dans un quart d'heures. Et si on reprenait cette conversation après mon rendez-vous ? Disons, à vingt heures dans mon bureau, cela vous irait ?
Elle rougit et acquiesce d'un signe de tête. Il lui tend une carte de visite avec ses coordonnées et prend congé poliment.

Elle eut le temps de rentrer à sa chambre d'hôtel, se doucher et se changer. Elle hésita entre deux robes, une rouge à col rond plutôt moulante et une noire dotée d'un décolleté en V. Elle opta pour le second choix, agrémenté d'un collier sautoir en argent retombant juste au milieu de sa poitrine. Ce « Jérôme » a l'air d'être intéressé par ce qu'elle lui a raconté, mais difficile à soutirer des informations. Le charmer était donc son objectif de la soirée...
Elle arrive devant une porte en bois massif d'un vieil immeuble plein de charme, comme ceux que l'on rencontre au centre des villes importantes. Sur le côté de la sonnette, une plaque dorée

avec le nom du magistrat gravé. Elle souffle un bon coup, prend soin de recaler une mèche de cheveux et sonne.
La voix de Jérôme dans l'interphone retentit :
- Deuxième étage, à droite.

Le cabinet du magistrat est divisé en deux pièces, une comportant un magnifique bureau en acajou où traine une pile de dossiers, l'autre pièce en retrait où il devait trouver le repos, comportant un canapé d'angle en cuir noir, un mini bar, un micro ondes, et une plante verte montant jusqu'au plafond.
Les deux salles, propres, impeccablement rangées et chacune agrémentées d'une grande fenêtre à carreaux, devaient bénéficier en pleine journée d'une belle clarté.

Anaïs siffle d'admiration :
- Superbe bureau ! Et très bien rangé, souligne-t-elle avec une certaine admiration.
Elle désigne la pièce en retrait :
- C'est là que vous déjeunez le midi ?
- Oui, lorsque je suis à mon bureau, c'est mon petit havre de paix. Mais la plupart du temps, je mange dehors, repas d'affaires le plus souvent.
- Ah...
- D'ailleurs, installez-vous sur le canapé. Vous souhaitez boire quelque chose ?
- Que me proposez-vous ?
- Cela dépend si vous souhaitez boire alcoolisé ou non... Martini blanc, rouge, scotch, whisky, jus de fruits...
- Martini blanc, c'est parfait ! Mais vous buvez alcoolisé pendant le travail ?... ironise-t-elle.
- Eh bien, il est vingt heures passé et je considère que j'ai droit à un petit remontant, répond-il sur le même ton en apportant deux verres cocktails remplis de Martini.

Bingo ! Je suis sur la bonne voie ! pense-t-elle.

Il s'assoit également sur le canapé. Elle se rapproche de lui. Les dés sont lancés, elle doit à présent continuer son jeu de séduction.
Il se racle la gorge, gêné.
- Vous... Euh, cette robe vous va à ravir...
- Merci.
Malgré ce compliment, il se décale légèrement pour s'éloigner de la jeune femme, mais elle n'a pas dit son dernier mot.
Elle se rapproche un peu plus, le regard pendu aux lèvres du magistrat. Ce dernier, déstabilisé, prend la parole :
- Ecoutez, vous êtes venue pour parler de l'affaire PERES, alors allons-y.
Surprise par sa réaction, elle renverse maladroitement son verre sur sa robe et sur le canapé en cuir.
- Mince... Qu'est-ce que je suis bête !
- Ce n'est rien... Tenez !
Il lui tend une petite serviette éponge.

Déçue de cette situation, elle prend la parole comme si de rien n'était.
- Ok... Pour reprendre la conversation de cet après-midi, vous disiez que deux balles ont été tirées...
- Oui...
Il semble soudain évasif et méfiant. Cette fille cherche à l'embobiner, c'est sûr !
- Deux balles ! Mais au début de l'enquête qu'une seule balle a été extraite de son corps, n'est-ce pas ?
Il acquiesce sans dire mot.
- La police a-t-elle retrouvé la seconde balle ? Les médias n'ont plus parlé de cette affaire au fil des jours et je n'ai jamais su...

Elle boit d'un trait le fond restant de Martini, et le regarde pour signaler que son récit était fini et qu'elle attendait une réponse.
Jérôme se touche le menton comme s'il réfléchissait, se grattant sa courte barbe de trois jours.

Qu'est-ce qu'il est déstabilisant !

- Non... Non, la police scientifique n'a jamais retrouvé la balle manquante.
- Est-ce possible ? s'exclame-t-elle vivement.
- Je vais être honnête avec vous Mademoiselle Cambri, selon moi, il y a eu autre chose... Voulez-vous que je vous serve un autre verre ?
- Non, merci. Expliquez-vous !
- J'ai toujours pensé à un coup monté.

La jeune femme hausse un sourcil en guise d'étonnement.
- Ce qui signifie... ?
- ... que je pense sa femme innocente, contrairement à ce qu'elle a crié haut et fort il y a dix ans ! Mais c'était la seule personne suspecte... Aujourd'hui, le délai de prescription est bientôt dépassé !

Anaïs se décompose.
- Prescription ?
L'homme de loi reprend :
- Faire des recherches maintenant ne changera sûrement rien à l'affaire. Le temps de trouver des preuves, cela risque d'être long et le délai de prescription sera dépassé. Je suis désolé Mademoiselle Cambri.

Voulant sûrement mettre fin à cette discussion, Jérôme enchaîne sur un autre sujet, il conseille à Anaïs d'oublier son passé, de profiter de sa jeunesse, et lui indique même quelques coins à visiter sur Marseille et les alentours.
Ils parlent ainsi une bonne demi-heure, puis la jeune femme décide qu'il est préférable qu'elle parte.

****

Anaïs est encore abasourdie par les propos du magistrat. Lessivée, elle laisse retomber sa tête contre la vitre du bus, qui la ramène au Vieux Port.
Marilyne Peres serait innocente ! Elle n'arrivait pas à le croire ! Comment peut-on s'accuser d'un crime qu'on n'a pas commis ! Soit le magistrat se trompe, soit... Marilyne essaye de protéger quelqu'un ! Dans ce cas, qui cela pourrait être ? Pour qui pourrait-on sacrifier sa vie à ce point... ? A part... pour ses propres enfants !
Sa fille bien sûr !
Une montée d'adrénaline réveille soudain Anaïs. Demain, elle irait chez Caroline...

****

5 h du matin

La brusque déflagration du tonnerre réveille Anaïs ce matin-là. La forte chaleur de la veille avait provoqué des orages, et l'air s'était rafraichit subitement.
La jeune fille n'aimant pas dormir avec la climatisation avait laissé la fenêtre ouverte pour la nuit. Elle frissonne. Un éclair illumine soudain toute sa chambre d'hôtel.
Brrr...
C'est dans ces moments-là qu'elle aimerait se blottir dans les bras d'un homme... Elle se remet en tête la conversation de la veille d'avec le Magistrat. Cet homme avait une allure majestueuse, une démarche élégante, et en même temps une poigne déconcertante. Elle se remémore son petit jeu de séduction, et bizarrement, cela l'avait bien amusée. Certes, il

devait avoir quinze ans de plus qu'elle, mais son charme ne l'avait pas laissée indifférente.

Elle se laisse fantasmer quelques secondes en imaginant qu'il était tout près d'elle dans ce lit avec l'orage qui gronde…

Assez !! Tu perds la tête ma pauv' fille !!

Elle se lève pour fermer la fenêtre. A ce moment précis, un éclair déchire le ciel en éclairant tout le port et tombe en zigzag au large des îles If et Frioul.
Impressionnant mais magnifique…

Ne pouvant plus se rendormir, elle se résigne à reprendre ses recherches de la veille sur Caroline Durand, malgré les recommandations du magistrat. Il n'y a absolument aucune interdiction d'enquêter à titre personnel après tout ! Et puis, il faut agir vite car dans quelques semaines il y aura prescription. Elle avait trouvé son adresse sur Internet, et maintenant étudie la route pour se rendre à Gardanne. Faudra qu'elle loue une voiture. Bref… une longue journée de plus l'attend…

****

8 h 30 du matin

Anaïs vient de se garer devant une petite cours, où se dressent plusieurs maisons de ville en forme de fer à cheval.
L'endroit est charmant, pense-t-elle.

Elle attend plusieurs minutes assise dans sa voiture, attentive au moindre bruit ou mouvement. Son regard est porté vers le logement de Caroline afin de déceler un petit signe de vie à l'intérieur de celui-ci. Lorsqu'enfin, une jeune femme blonde sort de la maison, ferme la porte d'entrée à clé, et à la grande surprise d'Anaïs, place la clé sous un pot de fleurs posé sur le palier de la porte d'entrée.

« Merci ma belle, je n'en demandais pas tant », ricane-t-elle.

Elle l'observe rentrer dans sa voiture et s'éloigner de la maison.
C'est parti !
En entrant discrètement dans la maison, Anaïs a la gorge sèche et le front couvert de sueur. Elle regarde une dernière fois à l'extérieur en espérant ne pas avoir alerté les voisins.
Le sang bat dans ses tempes de plus en plus fort, ses mains tremblent. Elle s'essuie le front avec le dos de sa main. Sa soif de vérité la motive soudain, et lui redonne la force de se battre, pour son père...
Elle ne sait pas très bien ce qu'elle cherche. Un indice qui pourrait la mettre sur la piste du meurtre de José ? Elle commence à fouiller la petite maison : placards, tiroirs, étagères, ordinateur portable, clé USB, papiers administratifs. Elle regarde sous le lit, sous le matelas, entre les pages des livres... sans succès.
Dans un cadre posé sur une étagère, elle aperçoit une photographie de Caroline et d'un homme de son âge.
Probablement son petit ami...

Puis, son regard se pose sur un agenda. Elle le feuillette et découvre que Caroline va rendre visite à sa mère en prison tous les week-ends, sauf que depuis plusieurs semaines, le mot « prison » griffonné sur les pages du samedi avait été remplacé par « hôpital ». Elle remonte les pages jusqu'à fin août, où elle trouve enfin quelque chose d'intéressant : l'adresse de l'hôpital, où visiblement sa mère a été transférée !
Une piste ? Peut-être qu'elle pourrait aller parler à Marilyne Peres ?
L'horloge murale affiche 11h25... Presque trois heures qu'elle est là !
Mince, faut partir ! Elle rentre peut-être manger !

Tant pis pour ranger, tout ce qu'elle avait chamboulé ! Prise de panique, elle sort comme un félin de la maison de ville.

****

17h30

Caroline prend la clé sous le pot de fleurs et ouvre la porte. Elle pose la clé sur la première étagère venue.
« Je suis crevée ! C'est bon d'être à la mais... »
Elle ne finit pas sa phrase, balayant la pièce principale des yeux. *Quelque chose cloche ! Je n'ai pas laissé autant de désordre en partant !*

Plusieurs livres sont à terre, le tiroir de son meuble de télévision est ouvert.
Les jambes flageolantes, elle comprend : quelqu'un s'est introduit chez elle. Elle se précipite dans sa chambre où sont rangés ces plus précieux bijoux en or. Rien n'a été volé.
La télévision est toujours accrochée au mur et son ordinateur portable est sur la table. Sauf que... ces dossiers personnels informatiques sont ouverts et sa clé USB branchée, alors qu'elle l'avait retirée du port...
Qu'est-ce que cela signifie ?

Elle se sent soudain sale, violée, une personne malhonnête a fouillé ses affaires. Elle sort, écœurée, affolée.
Elle reprend sa voiture et part en trombe, direction le commissariat.

La police de sa ville est formelle : pas d'infraction ni de vol, pas de plainte !

Caroline rentre bredouille et perplexe, se demandant qui a bien pu faire ça. Désormais, elle ne laisserait plus sa clé sous le pot de fleurs...

-7-

Un secret bien gardé

Cela faisait plusieurs nuits que Caroline dormait chez Daniel. Elle faisait alors les trajets Marseille-Gardanne tous les jours pour aller travailler, mais tant pis, l'intrusion d'un inconnu chez elle avait été un fait marquant. Avec le temps, elle y penserait moins. Et puis, ça marche tellement bien Daniel et elle, que c'est un régal de vivre en « colocation » avec lui.
La veille, ils avaient commencé à discuter sur leur avenir et à s'installer ensemble.
Caroline avait enfin trouvé son bonheur avec ce garçon. Il est tellement compréhensif, affectueux, et stable.
C'est rare de nos jours un gars qui souhaite se poser, faire des projets...
Début septembre, il avait passé un entretien d'embauche pour travailler dans une pharmacie située dans le quartier de Saint Antoine à Marseille. L'entretien s'était très bien passé et depuis, il était en période d'essai.
Quant à Caroline, sa première rentrée des classes s'était très bien déroulée et elle vivait son rôle de professeur avec grand plaisir.

Sa rêverie est interrompue par la sonnerie de son portable.
- Tante Anna ! Comment tu vas ?
- Bonjour ma chérie, bien et toi ?
Caroline lui raconte ses péripéties de la semaine d'avant et lui explique qu'elle dormait temporairement chez Daniel.

- Heureusement qu'il est là ce garçon, je suis vraiment soulagée de te savoir entre de bonnes mains.
- Oui, c'est vrai, admit Caroline.
- Ma chérie, je sais que les circonstances ne sont pas à la fête avec ta mère à l'hôpital, mais je tenais à faire une surprise à ton oncle pour ses soixante ans.
- C'est une super idée tati ! Que comptes-tu faire ?
- Juste un repas surprise à la maison avec toi et Daniel si vous le voulez bien, et quelques amis.
- Bien sûr ! On sera de la partie compte sur nous ! Quand ?
- Dans deux semaines, le dimanche 11 octobre, vous êtes tous les deux disponibles ?
- Moi oui ! J'en parle à Dany ce soir je te rappelle. Je vais noter la date, attends... Je cherche un stylo... Où est-ce qu'il range ces post-it et ses stylos ??...

Elle fouille dans le tiroir sous le meuble de télévision.
- Ca y est ! C'est noté tati ! Je te rappelle. Bisous
- Bisous. Bye.
- Bye !

En refermant le tiroir, l'œil de Caroline est attiré par un morceau de tissu caché tout au fond, sous une pile de DVD. Un motif qui lui est vaguement familier...
Le portefeuille Calvin Klein que je lui avais offert pour ses quatorze ans... Il l'a gardé tout ce temps ! C'est trop mignon !

Puis, le souvenir de cette journée lui revient en mémoire. L'anniversaire à Daniel, la dispute avec son oncle, sa fuite, les pompiers, le brancard, la police, sa mère menottée... Elle frissonne...

Elle prend inconsciemment le portefeuille en souriant. Si Dany l'avait gardé tout ce temps, il devait avoir une valeur sentimentale pour lui. Elle se doutait qu'il l'aimait déjà à l'époque...
Elle se courbe pour reposer l'objet à sa place lorsque ses doigts effleurent une bosse dans la doublure du portefeuille.

Tiens ! On dirait que la poche a été recousue... Mais aucune ouverture n'est possible, c'est bizarre...
Elle tâte à travers le tissu, curieuse.
Qu'est-ce que c'est ?...
On dirait qu'il a caché volontairement quelque chose là-dedans.

Trop curieuse, elle défait un point de couture, puis deux... L'objet suspect en sort et glisse dans sa main...
Elle éprouve une brusque montée d'angoisse. Son cœur pulse dans sa poitrine et prise d'un début de vertige, elle s'assoit lourdement sur le canapé-lit de son ami.

Une balle d'arme à feu...

****

Au même moment, Daniel longe un long couloir blanc, baigné par l'odeur caractéristique des hôpitaux : un mélange de désinfectants et de médicaments.
Une femme en uniforme de police, cheveux bruns tirés en chignon, l'air très strict se tient assise sur une chaise devant la porte de la chambre de Marilyne.
- Bonjour, Daniel Flores, je peux voir Madame Peres ?
La femme hoche la tête en guise d'affirmation. Le nom de cet homme est bien noté sur sa liste de personnes autorisées aux visites.
Il tape à une porte.
- Oui, entrez, prononce une petite voix affaiblie.

- Daniel !
- Bonjour Madame Peres.
- Comment vas-tu mon p'tit Daniel ?

Marilyne tente de se redresser.
- C'est plutôt à vous de vous demander ça ! Ne bougez pas, je vous rehausse le coussin.
- Eh bien, y'a des jours avec et des jours sans...
- Cela fait longtemps que je ne vous ai plus rendu visite, excusez-moi.
- Ne t'inquiète pas pour ça ! Caroline sait que tu es là ?
- Non.

Lorsque Marilyne était encore en prison, Daniel lui rendait visite environ une fois par mois. Caroline n'a jamais été au courant de leurs entrevues. Il arrivait quelque fois que les deux jeunes gens aillent ensemble au parloir, mais lorsqu'il était seul, Daniel gardait cela secret.

- A ce sujet, Madame Peres, chuchote-t-il, j'en ai marre de lui mentir... Je peux plus tenir. Elle et moi, ça devient sérieux et mentir dans une relation amoureuse, ça n'a rien de bon.

La mère sourit, faisant semblant d'entendre ce qu'elle veut :
- C'est vrai, c'est sérieux entre vous ? Qu'est-ce que je suis contente !
- Madame Peres...
- Je t'en prie, Dany, depuis le temps, appelle-moi Marilyne.
- Marilyne, s'il vous plaît, ne faites pas la sourde oreille... Je craque.

Des larmes de remords montent aux yeux de Daniel.

- Toutes ces années passées à lui mentir, arrive-t-il à articuler.
C'est au tour de Marilyne de chuchoter.
- Daniel, tu as fait ce qu'il fallait faire. Abattre ce salaud était la meilleure des choses. J'étais tellement cruche à l'époque de n'avoir rien vu ! Il battait Caroline, il l'a même...

Elle se tait, le mot qu'elle pensait prononcer était trop dur à encaisser pour elle et pour son petit copain.

- Je sais... mais c'est moi qui aurais dû faire toutes ces années en prison !
- Dany, c'était mon choix ! C'est moi qui t'ai forcé à partir, c'est moi qui t'ai arraché l'arme des mains ! Tu étais tellement jeune, intelligent, tu avais un avenir prometteur, toute la vie devant toi, alors que moi... Et ta vie va encore durer longtemps avec ma fille...
- Vous aussi vous aviez le droit d'être heureuse !
- Je suis heureuse, Daniel, parce que mon plan a marché et que maintenant, ma fille est entre de bonnes mains avec toi ! Alors s'il te plaît, ne casse pas tout. Je n'ai pas fait toutes ces années enfermée pour rien ! Fais cela pour moi... Je t'en prie.

Des larmes coulent sur les joues de Marilyne et sur celles de Daniel.

- Promets-moi !
Silence.
- J'en ai plus pour longtemps, Daniel... Cette histoire de meurtre sera derrière vous. On ne pourra jamais t'inculper, alors, s'il te plaît promets-moi...
- Je ne dirai rien...

Pour le moment, pense-t-il.

****

Après la stupéfaction, c'est de la colère que ressent Caroline.
Que signifiait cette trouvaille ?
Etait-ce la seconde balle qui a traversé le corps de son beau-père ?

Oui, elle en était sûre !
Mais pourquoi Daniel la détenait ? Etait-il impliqué dans ce meurtre ? Et si oui, pourquoi ne lui a-t-il jamais dit ?
Toutes ses questions se bousculaient dans sa tête.

Des bruits de clés résonnent dans le couloir, Daniel est de retour des courses. Pour faire diversion, il avait acheté quelques bricoles : barres chocolatées, pommes, œufs...

Il passe la porte.
- Coucou chérie !

Caroline est toujours assise sur le canapé-lit, comme assommée. Elle ne répond pas.
- Ca ne va pas ? demande-t-il inquiet.

Elle n'eut pas besoin de répondre. Elle laisse tomber sans s'en rendre compte la munition, qui rebondit en un bruit perçant métallique sur le carrelage. Elle reste de marbre, les yeux dans le vide. La balle vient rouler jusqu'aux pieds de Daniel, qui lâche ses sacs par terre.

- Oh, non, murmure-t-il.
Il a l'impression que tout se passe au ralenti, et que ses membres ne répondent plus. Il se sent engourdi l'espace de quelques secondes, puis s'agenouille devant elle et articule :

- Caro !
Cette fois-ci, elle le fixe dans les yeux, avec un regard perçant.
- Tu as intérêt à me donner une bonne explication... souffle-t-elle.
- Caro, je suis tellement désolé.
- Dan, est-ce la balle que recherchait la police il y a dix ans ?

Il baisse la tête comme un chien abattu.
- Oui...
- Pourquoi l'as-tu ?

Silence.

Maintenant, elle hurle :
- Parle !
- Je suis désolé, je ne peux pas te dire…

Prise d'un haut le cœur, Caroline le gifle et se lève brutalement en direction de la sortie.
- Je veux plus te voir ! crie-t-elle dans un excès de rage.

Elle claque la porte du petit appartement.
Avant de monter dans sa voiture, elle se tient à la carrosserie pour ne pas tomber, prise d'un vertige, et vomit.

-8-

Un goût amer

Anaïs a décidé de prolonger son séjour sur Marseille.
Déterminée, elle se promet que cette fois-ci, elle ne reprendrait pas le train tant qu'elle ne saurait pas la vérité.
Elle ressort de son sac le post-it où elle avait écrit l'adresse d'un hôpital trouvée dans l'agenda de Caroline.
Aujourd'hui, elle irait parler à Marilyne Peres.

Une heure plus tard, elle gare son véhicule de location sur le parking de l'hôpital.
Nerveuse, elle allume une cigarette avant de rentrer dans le bâtiment, en s'appuyant sur le capot de la voiture. Elle tire longuement dessus et expire lentement la fumée blanche en fermant les yeux, comme si cet acte la calmait.
Elle avait arrêté de fumer l'année dernière, mais depuis quelques jours, les événements l'ont fait rechuter.
Après avoir éteint son mégot sur la borne adaptée aux fumeurs devant l'entrée de l'hôpital, elle passe la porte coulissante vitrée et se dirige vers l'accueil pour demander à une femme en blouse blanche :
- La chambre de Marilyne Peres s'il vous plaît.
- Vous êtes ?
- Sa belle fille.
En quelque sorte, elle ne ment pas...
La femme en blouse blanche regarde dans son calepin.

- Chambre 204, deuxième étage, à droite en sortant de l'ascenseur. Mais un agent de police surveille ses visites. Si vous n'êtes pas sur sa liste de personnes autorisées, vous ne pourrez pas la voir.
- Bien sûr… bredouille Anaïs.
Elle se reprend, et ajoute, sûre d'elle :
- Je suis sur la liste, merci.

Cette dernière guette l'entrée de la chambre. Effectivement, une femme se tient devant la porte, en pleine conversation téléphonique, probablement avec un collègue de travail puisque Anaïs entend « Bien, je vérifie ça tout de suite dans le dossier du médecin. Je te rappelle pour te confirmer ».
La femme raccroche, range son portable dans sa poche et s'éloigne d'un pas pressé.

C'est mon jour de chance, pense Anaïs.

Marilyne, alitée, affiche une mine défraichie. La jeune fille s'approche d'elle :
- Bonjour Marilyne.
- Bonjour. Pardon, mais on se connaît ?
- Pas encore. Je m'appelle Anaïs. Je suis la fille de José…

****

Caroline, encore en état de choc, désire absolument parler à sa mère. Est-elle au courant de l'indice caché par Daniel ? Et si oui, pourquoi lui a-t-elle caché ?
Tout cela n'avait aucun sens !

Elle appuie sur le bouton pour appeler l'ascenseur de l'hôpital. Un petit écran lumineux affiche les étages... 2, 3, 4. La cage est en train de monter, et manifestement s'arrête au quatrième étage.
La jeune femme s'impatiente, et décide de prendre les escaliers. Monter les marches en courant la défoulerait !
Au moment d'entrer dans le long couloir donnant accès aux chambres, elle bouscule maladroitement une femme brune, d'allure sportive mais élégamment habillée.

- Excusez-moi !

Elle n'attend pas de réponse, elle trace, trop préoccupée par ce que sa mère allait lui annoncer.
Anaïs, bousculée au niveau de l'épaule gauche, ne s'est même pas retournée pour répondre. Elle était venue pour avoir une réponse et repart encore bredouille ! Décidemment, cela n'était pas si simple... Elle sort du bâtiment, déçue, la tête basse.

****

- Maintenant, tu me dis la vérité ! crie-t-elle en entrant dans la chambre de sa mère.
Marilyne fait un bond dans son lit.

- Chérie, tu m'as fait peur ! Qu'est-ce qui te prend ? Parle moins fort !
Caroline baisse la voix.
- J'ai retrouvé la balle manquante ! Tu sais, la seconde balle que cherchait la police scientifique pendant des jours ! Et tu sais quoi aussi ? J'ai l'ai retrouvé dans les affaires à Daniel !

La mère soupire.

- Calme-toi, s'il te plaît. Assieds-toi.
La jeune femme exécute. Désormais, les larmes lui montent aux yeux.
- Tu étais au courant ?
- Oui. Il est temps que je t'explique...

5 novembre 1999

Marilyne rentre de son travail. Epuisée de sa journée, elle monte lourdement la cage d'escaliers qui mène à leur appartement.
Soudain, un coup de feu retentit, puis un second. Ils semblent provenir de chez eux.
Mon dieu, Caroline !
Elle finit son ascension en courant et se précipite dans l'appartement.
Une image d'horreur la fige. Du sang coule au sol. José est allongé. Daniel tient une arme. Il est pétrifié.
- *Mon dieu, Daniel ! Qu'as-tu fait ?! hurle-t-elle.*
- *Madame Peres...*
Il part dans un sanglot qui ébranle tout son corps.
- *Il a battu Caroline, je l'ai vu... Il... Il l'a violée... J'ai tout vu de la fenêtre de ma chambre.*
Il pointe encore son arme sur lui.
- *Mon dieu, répète-t-elle. Allez, lâche ça !*
Elle lui prend délicatement l'arme des mains et le prend dans ses bras.
- *Calme-toi..., souffle-t-elle à peine crédible, les larmes incontrôlables jaillissant sur ses joues.*
- *Je sais pas ce qui m'a pris, Madame Peres, je suis tellement désolé.*
Elle se demande combien de fois il l'avait battue. Jamais, elle n'aurait pensé qu'il s'en prendrait à sa fille. Secrètement, elle pense qu'il a mérité de mourir.

- *C'est fini, Daniel. On va s'en sortir... Comment tu t'es procuré l'arme ?*
Il hésite.

- Par mon voisin. Je lui ai rendu service une fois et il m'a rendu la pareille en me dénichant une arme que détenait son grand frère. Mais c'est pas sa faute, Madame Peres, il n'était au courant de rien...
- Ok, ok... Voilà ce que tu vas faire, tu vas calmement rentrer chez toi et parler à personne, tu m'entends ? Même pas à ta famille.
- Oui. Et vous ?
- Ne t'en fais pas pour moi ! Promets-moi que tu ne diras rien !
- D'accord, Madame...
- Je m'occupe de tout. N'ais pas peur si tu vois la police au pied de l'immeuble. Reste enfermé chez toi ! Sais-tu où es partie Caroline ?
- Non.

Il recommence à pleurer.
- Ok, Daniel, tout va bien. Elle va revenir. Si tu la vois, occupe-toi d'elle. Dis lui que sa tante Anna va la chercher pour qu'elle aille se reposer chez elle. Je vais l'appeler sur le champ. Ne bouge pas ! Ne touche à rien !

Elle prend le combiné de téléphone. Ce fût bref. Elle avait une maîtrise d'elle-même impressionnante. Sa sœur répond au bout de deux sonneries. Marilyne lui demande de venir d'urgence. Elle lui expliquerait plus tard mais elle lui demande de l'aider à chercher Caroline et ensuite de l'emmener chez elle sur Aix-en-Provence quelques jours. Elle raccroche.

Pendant que la mère était au téléphone, Daniel pris de panique, aperçoit une balle sur le tapis du salon, celle qui a traversé le corps de José. Il la ramasse sans trop réfléchir, souhaitant probablement effacer une preuve.
Il nettoie la pièce métallique du sang avec le revers de son pull-over et la range dans sa poche.

Soudain, des voix dans le couloir... Les voisins...
Les voisins de paliers de Marilyne tapent à la porte voulant savoir si tout allait bien. Ils avaient entendu les détonations et le cri de

Marilyne en découvrant l'adolescent armé et le corps inanimé de José.
Elle et le petit sont coincés... Elle ne sait pas quoi faire... Elle sort une absurdité, la première qui lui vient à l'esprit : elle crie à travers la porte : « Mon téléphone ne marche plus, appelez moi les secours ! ».
Marilyne revient vers Daniel et lui ordonne de partir avant que les voisins ne reviennent sur le palier, que tout irait bien, et surtout répète-t-elle : « Motus et bouche cousue ! ».
L'adolescent obéit après avoir vérifié que personne ne se trouvait derrière la porte d'entrée, par le judas.
Il a suffit de quelques minutes... quelques minutes pour que tout s'effondre autour d'elle...
Là, elle comprit que sa vie « libre » était finie. Elle se dénoncerait à la place de Daniel. Il était trop jeune pour être inculpé. Alors, comme déjà livrée à la police, elle s'agenouille, tremblante au-dessus du corps de son mari et elle attend.
Les secours accompagnés de la police arrivent.
ILS tambourinent à la porte. ILS crient :
- Madame Perez, Police, ouvrez !
Elle ne répond pas, tétanisée par la peur.
ILS défoncent la porte, lui ordonnent de jeter son arme, lui sortent machinalement le blabla que l'on entend dans les films policiers : « Vous êtes en état d'arrestation pour le meurtre de... ».
Elle se laisse faire, elle se sent molle, sans force. ILS la menottent et l'emmènent.

Caroline pleure à chaudes larmes en écoutant le récit de sa mère.
- Pourquoi m'avoir caché cela toutes ces années ?
- Chérie, Daniel et moi nous étions mis d'accord, il fallait absolument ne rien dire à personne. Si nous te l'avions dit, tu aurais été complice en quelque sorte. Je ne me le serais jamais pardonnée. N'en veux pas à Daniel, s'il te plaît, c'est moi qui l'ai supplié de garder le secret...
- Tu rigoles, là ! Ne pas lui en vouloir ! Tu te rends comptes de ce que tu dis ?! Il m'a menti alors qu'on parlait d'avenir tous les

deux, il n'y a même pas deux jours ! Comment refaire confiance à un homme qui garde des secrets ?...
- Il l'a fait par amour... Crois-moi, il est fou de toi... Et tout est de ma faute...
- Ce n'est pas toi qui a tué de sang froid José ! coupe la jeune femme hors d'elle. Mais ne te fais pas d'illusions, je t'en veux autant !
- Caro, ça aussi, il l'a fait par amour. Ce salaud te battait et te...
- Stop !
- Il m'a ouvert les yeux ! Je n'ai rien vu, comme une mère indigne !
- Il y avait sûrement une autre solution, sanglote Caroline. Je voulais tout te dire ce soir là... Oh ! Maman, j'ai été tellement malheureuse, et voilà que cette histoire remonte à la surface...

Marilyne se redresse de son lit pour la prendre dans ses bras.
La mère et la fille restent un moment enlacées.

- Il faut que je te dise autre chose...
- Quelque chose de pire que ça ? ricane nerveusement Caroline.
- Juste avant que tu n'arrives, une femme est venue me voir, prétendant être la fille de José.
- Quoi ? L'agent l'a laissée passer ?
- Non. Cette fille est maligne, elle a fait diversion pour pouvoir entrer dans ma chambre. Elle m'a suppliée ensuite de la laisser me parler un instant, alors je n'ai appelé personne. Elle m'a raconté que José les avait abandonné sa mère et elle, alors qu'elle n'avait que quelques mois.
- Cet homme était vraiment un monstre...
- Elle s'appelle Anaïs. Aujourd'hui elle cherche la vérité sur la mort de son père. Elle se doute de quelque chose, Caro ! Elle m'a questionné sur la balle manquante... Dis à Daniel de faire disparaître cette preuve ! Je ne comprends pas pourquoi il l'a gardée...
- Maman, tu crois vraiment que je vais retourner vers Daniel après tout ce que je viens d'apprendre ?!
- Tourne la page. Le passé est derrière nous ! Je n'en ai plus pour longtemps à cause de mon cancer et les preuves mourront

avec moi. Si tu m'aimes, offre-moi cette faveur : va de l'avant et soi heureuse désormais.

Les deux femmes discutent encore un bon moment, jusqu'à ce qu'une infirmière entre pour faire les soins à Marilyne.

****

En descendant les escaliers de l'hôpital, tout se bouscule dans la tête à Caroline. Elle venait d'assimiler tellement des nouvelles en même temps… Daniel qui a tué son beau-père, sa mère qui a menti pour le protéger, la fille de José qui refait son apparition pour connaître la vérité…
Sa tête tourne de nouveau, elle voit trouble et manque de tomber dans les escaliers. Elle s'accroche un moment à la rampe.
Qu'est-ce qui m'arrive depuis quelques jours ?... C'est sûrement toutes ces émotions…
Des symptômes de fatigue et de vertiges étaient apparut depuis l'intrusion dans son appartement.
Ce n'est rien, pense-t-elle. Je dois juste me reposer et me ressaisir pour mes élèves !

En passant dans le hall du rez-de-chaussée, elle voit écrit « Laboratoire d'analyses médicales ». Quitte à y être, elle décide tout de même de faire une prise de sang pour se rassurer.

****

De retour à sa voiture, Caroline eut le sentiment de se sentir horriblement seule. Où allait-elle dormir ce soir ? Chez elle ? Pourquoi pas chez sa tante Anna et son oncle Pierre ?

Mince tante Anna, je devais la rappeler !

Elle parle un long moment avec sa tante depuis le parking de l'hôpital, sans lui montrer ses contrariétés. Cela lui fit le plus grand bien.
Elle lui annonce que Daniel a un « tournoi de football » le jour de l'anniversaire à son oncle et qu'elle viendrait seule.
Ne voulant pas l'inquiéter outre mesure, elle décide de rentrer chez elle pour se reposer.

****

Le réveil retentit. Il est 7h du matin. Caroline a dormi comme une marmotte. Faut dire que tous ces événements l'ont assommée.
Aujourd'hui, son premier cours commence à 9h. Elle a encore le temps de flâner au lit et de prendre un long petit-déjeuner.
Son téléphone portable affiche trois appels en absence : Daniel. Elle avait coupé la sonnerie la veille pour être tranquille.
Qu'il aille se faire voir !

Après une bonne douche, elle se sent enfin requinquée. Elle se maquille, s'habille, prépare sa besace en cuir où sont rangés les premiers sujets d'interrogation écrite de mathématiques de l'année, et sort dans sa maison de ville.

En s'approchant de sa place de parking, son regard est captivé par un véhicule garé un peu plus loin dans la cour qu'elle ne connaissait pas. *Les voisins ont peut-être changé leur voiture...*
Mais elle aperçoit ensuite une femme brune adossée sur l'aile gauche de la voiture, fumant une cigarette. Celle-ci croise son regard et semble soudain gênée d'être repérée.
Le cœur de Caroline bat soudain très fort. Elle avait déjà vu ce visage... Des flashs lui reviennent en mémoire : la bousculade à l'hôpital, la description que lui a fait sa mère sur la fameuse Anaïs ainsi que la mise en garde qu'elle lui a dressé de cette fille, et... l'image d'une jeune fille parlant à José dix ans avant...
Mais oui ! Tout s'éclaire ! C'était avec sa fille qu'il parlait ! Et elle qui croyait qu'il avait une aventure avec une jeunette.

Elle reprend ses esprits et observe discrètement l'inconnue. Elle semble se pencher vers sa boîte à gants et lorsqu'elle se relève : stupeur, elle tient une arme dans sa main droite. Caroline rejoint rapidement sa voiture, apeurée. Pourquoi cette fille se trouvait devant chez elle ? Pourquoi était-elle armée ? Etait-ce elle qui avait fouillé son espace vital quelques jours avant ? Elle en est persuadée ! Elle voulait la vérité et fouillait dans le passé. Elle cherchait probablement une preuve chez elle... et maintenant elle voulait la faire chanter.
Caroline démarre à toute allure, laissant une longue trainée sur le gravier de la cour et une épaisse fumée blanche derrière elle. A sa grande surprise, la « fille » la suit de près.

Merde ! Qu'est-ce qu'elle me veut ?
Caroline file tout droit vers la route nationale qui relie Gardanne à Aix-en-Provence et passe un feu orange. Elle voit dans son rétroviseur la fille accélérer et griller allègrement le feu.
Une voiture roulant à peine sous la vitesse autorisée la ralentit. Elle fait des appels de phares, mais n'a en réponse qu'un geste mal placé du conducteur devant elle.
C'est délicat de doubler sur cette route, mais tant pis, elle se met à zigzaguer pour doubler, sans regarder le conducteur qui lui faisait toujours des signes injurieux, et se rabat immédiatement à l'approche d'une moto arrivant en sens contraire.

Ouf !
Des gouttes perlent sur son front. Elle ne sait pas où aller mais son premier instinct est de fuir cette femme armée et sûrement prête à tout pour venger son père. Peut-être arriverait-elle à la semer... dans ce cas, elle irait immédiatement au commissariat.

Déjà Anaïs avait été ralentie par le « conducteur aux signes » en pleins virages, car Caroline ne l'aperçoit plus dans son rétroviseur. Elle réapparaît sur un bout de ligne droite et d'un coup d'accélérateur puissant, se porte au niveau de Caroline, en lui adressant un signe pour l'inciter à s'arrêter. Mais Caroline n'est pas décidée à obtempérer, au contraire elle accélère.

Une voiture arrivant en sens inverse oblige Anaïs à rétrograder et à se replacer derrière Caroline. Quelques mètres après, elle fait une nouvelle tentative. Les deux voitures roulent dangereusement côte à côte jusqu'à se frôler.

Anaïs klaxonne pour capter l'attention de sa fugitive et lui pointe l'arme dans sa direction. Caroline, affolée, perd le contrôle de son véhicule. Elle freine, mais son action n'y fait rien, elle traverse la voie inverse, et fonce droit vers le parapet délimitant la route d'un fossé. Suite au choc, la voiture fait un tonneau et passe par-dessus la barrière pour aller lourdement s'écraser dans le fossé, dans un bruit assourdissant de métal.

Anaïs, s'arrête et descend du véhicule de location. Elle voit en contrebas la petite voiture de Caroline, positionnée sur le toit, dans un très sale état. Jamais elle n'aurait pensé arriver jusque là. Elle voulait juste lui faire peur en lui braquant son arme non chargée, dans le but de lui tirer les vers du nez. Elle commence à paniquer. Heureusement pour elle, elle est la seule témoin de l'accident.

Elle prend son téléphone portable en tremblant et compose le numéro des pompiers. Elle décrit l'endroit où a eu lieu l'accident, raccroche rapidement sans donner plus de détails, et repart avant qu'un automobiliste ne repasse par là.

Elle se dit que si Caroline avait fui en la voyant, elle devait sûrement avoir quelque chose à se reprocher. Elle retournerait donc chez elle fouiller une dernière fois pour en avoir le cœur net.

****

Bip, bip, bip…
Le son des machines reliées à Caroline résonne dans la salle de réanimation.
« Votre petite-amie a vraiment eu de la chance de ne pas y rester ! » avait affirmé le docteur.
Il appelle ça de la chance cet abruti ! avait pensé Daniel.

Ce dernier avait passé toute la nuit au chevet de sa copine.
Les pompiers l'ont contacté la veille, après avoir pianoté le téléphone portable de la jeune femme. Ils avaient vu que les derniers appels en absence étaient de « Daniel chéri » et n'ont pas hésité à le rappeler.
Il se sentait tellement responsable… Elle était à fleur de peau lorsqu'elle a découvert la balle dans son portefeuille. Une question lui trottait dans l'esprit depuis la veille : pourquoi s'est-elle retrouvée sur la route nationale ? Cette route n'était pas du tout le trajet de son travail…
Les médecins ont diagnostiqué un traumatisme crânien suite au choc de l'accident, ce choc ayant provoqué un coma.
« La durée du coma influe sur la gravité des séquelles résultant des lésions cérébrales. Mais ne vous inquiétez pas, les lésions sont peu profondes. C'est probablement une question d'heures avant qu'elle ne se réveille. » avait ajouté le neurologue de l'hôpital.
Daniel avait fait dans la matinée un aller-retour chez elle pour lui apporter ces CD préférés qu'il passait en fond. Il lui parlait, lui caressait le visage, lui tapotait le front avec des lingettes rafraîchissantes… Il aurait tout donné pour retourner en arrière.

Caroline, elle, a l'air paisible. Son pouls est normal, sa respiration lente.

Elle semble dormir d'un profond sommeil, même si son état est impressionnant à première vue avec sa tête encerclée d'un large bandage, des petites coupures çà et là sur ses joues et au-dessus des sourcils, une minerve qui va du menton jusqu'au sternum, ainsi que son bras plâtré positionné en bandoulière.

Une infirmière s'approche de Daniel avec un dossier à la main.
- Bonjour Monsieur.
- Bonjour.
- C'est bien vous Daniel Flores ?
- Oui.
- Nous venons de nous apercevoir que votre femme ou plutôt petite-amie, a effectué une analyse de sang il y a quelques jours au laboratoire de l'hôpital. En remplissant les papiers de routine pour ouverture d'un dossier médical, elle vous a cité comme « personne à contacter en cas d'urgence ».
- Ah bon ? Je ne suis pas au courant... Et ?...
- Et bien... L'analyse qu'elle a effectué révèle un taux positif de l'hormone BHCG.
- Ce qui signifie ?
- Que votre femme est ou... était enceinte...

****

Tout semble s'écrouler autour de Daniel.
Caroline, enceinte ! Dans des circonstances tout à fait différentes, cela aurait été un pur bonheur d'apprendre cette nouvelle, lui qui au fond, espérait avoir un enfant jeune avec son premier et unique amour.
A-t-elle perdu le bébé dans ce fichu accident ? Suite à la révélation de l'infirmière, Daniel demande immédiatement au

service médical des examens supplémentaires afin de vérifier la présence de l'embryon.
« C'était prévu, Monsieur », lui a-t-on répondu.

Deux heures après, une infirmière le rejoint dans la salle d'attente pour lui annoncer les résultats de l'échographie : l'embryon est toujours accroché et son petit cœur bat normalement.

Des larmes de soulagement coulent alors sur les joues du jeune homme. Il sait que ce bébé est le fruit de leur amour, c'est son enfant, c'est sûr ! Un battant, comme lui ! Il ne souhaite qu'une chose maintenant : que Caroline se réveille rapidement pour lui annoncer la bonne nouvelle. Mais elle ne semble pas encore prête à ouvrir les yeux…

-9-

Soulagement

Daniel avait informé Marilyne que sa fille occupait une des chambres de réanimation, suite à un accident de voiture.
Celle-ci, sous le choc, avait immédiatement demandé l'autorisation à l'agent de police et aux infirmières de se lever de son lit pour aller voir sa fille à l'étage au-dessus.
Cela faisait trois jours maintenant que Caroline était dans le coma. Matin et soir, sa mère la veillait à son chevet, en la suppliant de se réveiller et de lui pardonner de tout...

Daniel, qui était généralement présent lors des visites de Marilyne, s'était abstenu de lui avouer qu'elle allait être bientôt grand-mère, pour plusieurs raisons. Premièrement, il voyait l'état de Marilyne s'empirer de jours en jours et ne voulait pas lui causer de soucis supplémentaires en cas de complications pour Caroline et le bébé ; deuxièmement, c'était à sa fille de lui annoncer une telle nouvelle.

Il s'impatiente. Ces trois derniers jours lui ont semblé interminables.
Il s'approche du petit poste radio-CD posé sur le chevet de Caroline et lui met l'album de Norah Jones, une interprète jazz qu'elle appréciait beaucoup. Les notes aux couleurs blues résonnent dans la chambre et semblent lui donner une atmosphère apaisante. *Come away with me...*

Daniel, assis sur le siège à côté du lit du Caroline, écoute avec une certaine nostalgie, et se laisse aller à des souvenirs agréables en fermant les yeux. Souvenirs apparemment intenses car des larmes surgissent de sous ses paupières.
Come away with me... poursuit la chanteuse.

Oui, c'est cela qu'il fallait qu'il propose à Caroline à son réveil : qu'elle vienne avec lui, qu'ils partent loin, très loin, élever leur enfant, qu'ils oublient toute cette histoire, et qu'ils soient enfin heureux...
Il prend la main de sa copine et lui parle du bébé... Peut-être qu'elle l'entend... Peut-être que la nouvelle va lui donner le courage d'ouvrir les yeux...

Il est déjà 21h30. Une infirmière passe voir si tout va bien.
- Vous êtes encore là ? demande-t-elle étonnée. Vous allez rester coincé dehors, le parking de l'hôpital ferme dans une demi-heure...
Daniel lui sourit.
- Et bien, il me reste encore une demi-heure...
Elle lui rend son sourire et sort de la chambre en lui souhaitant une bonne nuit.

Encore une nuit de plus que Caroline passera dans le coma...
Epuisé, il finit par s'endormir, le haut du buste et sa tête appuyés sur le lit, sa main toujours serrant celle de sa petite amie.

****

3 h du matin

Il rêve ?

Son corps, engourdi par des fourmillements, est lourd. La fatigue l'assomme et l'empêche d'ouvrir complètement les yeux.
Etait-ce un rêve ?
Une nouvelle fois, il lui semble que la main de Caroline bouge. Non, cette fois-ci, il en est sûr, il ne rêve pas !
Elle est en train de se réveiller !

- Caro, mon amour, lui murmure-t-il, c'est moi. C'est Dany. Ouvre les yeux ma puce, tout va bien…

Comme en guise de réponse, sa main remue faiblement et ses paupières frémissent comme le font les ailes fragiles d'un papillon.
Excité, il appuie sur le bouton d'appel afin qu'une infirmière de garde vienne constater les progrès de Caroline. Moins d'une minute après, la même femme que la veille entre dans la chambre.
- Mais vous êtes toujours là, vous ?! gronde-t-elle. Qu'est-ce que vous faites encore ici ?! Les visites nocturnes sont interdites, vous êtes au courant ?
Apparemment, elle est en colère.
- Excusez-moi… euh… Je me suis endormi… mais…euh…elle a bougé !

La colère de l'infirmière s'éteint, portant maintenant toute son attention à sa malade. Effectivement, cette dernière a les yeux mi-clos, et semble lutter pour les laisser entrouverts.

- Mademoiselle Durand, quelle belle surprise ! Tout va bien. Vous avez eu un accident de voiture mais vous êtes entre de bonnes mains.
Elle lui pose un tas de questions et lui demande de cligner une ou deux fois les yeux en guise de « oui » ou de « non », si le fait de parler demandait trop d'efforts pour elle.
Daniel, positionné derrière l'infirmière de garde, trépigne d'impatience, voulant au plus vite embrasser sa copine.

Elle se relève enfin du chevet de sa patiente en lui demandant de se reposer et d'attendre le petit matin que le médecin vienne s'occuper d'elle. Sa voix douce se rendurcit quand son regard se pose sur Daniel :
- Vous, rentrez chez vous maintenant ! Laissez-la se reposer.
- Bien sûr... Juste deux minutes...

La femme soupire, lève les yeux au ciel et sort de la chambre.

- Mon amour, je suis si heureux de te voir ! Comment tu te sens ?

Pas de réponse, il poursuit :
- Ne te fatigue pas, ne me réponds pas. Je voulais juste te dire que je t'aime et que tu m'as fait une peur bleue ! Caro, on va tout oublier, tourner la page. On va être heureux je te le promets ! Je repasse demain matin...euh enfin dans quelques heures... avec du bon café et tes viennoiseries préférées pour fêter la bonne nouvelle et l'arrivée de notre bébé.

Caroline fronce les sourcils, d'un air interrogateur. Daniel sourit.

- Tu es enceinte mon amour. Le bébé va bien, il est déjà bien coriace ! Tu vas voir, on va être heureux, répète-t-il.

Caroline le fixe, d'un air hébété.
Il l'embrasse tendrement sur le front et sort de la pièce. Ses cernes trahissent une fatigue extrême mais son sourire dévoile un grand soulagement.

****

Marilyne avait appris la bonne nouvelle tôt ce matin-là par Sophie, son infirmière préférée : sa fille s'était réveillée. Même épuisée, elle devait absolument aller la voir.
Sophie lui avait conseillé de se reposer pour la journée, mais comme Marilyne insistait, elle céda et l'emmena elle-même en fauteuil roulant jusque dans la chambre à sa fille.
Les deux femmes s'enlacèrent un bon moment en pleurant et parlèrent pendant plus d'une heure. Caroline apprit à Marilyne qu'elle allait être grand-mère et cette dernière pleura de nouveau de joie.

Lorsque Marilyne, lessivée, retrouve sa chambre, elle demande à Sophie de lui passer une feuille et un stylo.

****

Daniel regarde l'heure à son réveil.
8h30 merde !
Il se lève d'un bond et lance la machine à café, tout excité. Il appelle rapidement son employeur pour lui demander un autre jour de congé en s'excusant et, satisfait, file dans la salle de bain se préparer.

Enfin frais, rasé, habillé et parfumé, il transvase délicatement le café dans un thermos, prend son portefeuille, ses clés de voiture et claque la porte de son appartement.

Lorsqu'il arrive dans la chambre de sa petite amie, il la trouve habillée et de bien meilleure mine.
Il pose le thermos et le sachet du boulanger sur la table de chevet pour l'embrasser, mais elle tourne la tête.

- Tu m'en veux toujours ? demande-t-il attristé.
- Oui.
- Caro, je t'en prie, tournons la page. Nous allons être parents, voyons le bon côté des choses maintenant…
- Non, Daniel. Comment veux-tu que j'oublie que ma mère a fait plus de dix ans de prison par ta faute ?!
- Je sais… Si je pouvais revenir en arrière… J'avais tout vu de ma fenêtre : il te battait, te violait. Je t'aimais déjà comme un dingue Caro ! C'était impossible de ne rien faire ! Je suis devenu fou ! Ta mère est rentrée juste au moment où il s'est effondré. C'est une femme exceptionnelle, tu sais ? Elle a gardé son sang froid, m'a imploré de partir et de ne parler à personne coûte que coûte, qu'elle allait tout arranger. J'étais qu'un môme : jeune et con, comme on dit… et j'étais paniqué. Alors je l'ai écouté…

Il pleure.

- Pardon… Tu crois que ça a été facile pour moi toutes ces années de silence et de tromperie? Quand on se voyait, j'avais envie de cracher le morceau, de tout te dire… Quand je rendais visite à ta mère en prison, elle me suppliait encore et encore pour que je me taise. Je m'en veux terriblement.

Elle ne dit rien.

- Maintenant que tu attends un bébé, il faut prendre soin de toi, tu entends ? Je veux que tu me pardonnes, je veux participer à ta grossesse, voir grandir notre petit bout en toi, qu'on l'élève ensemble…

Quelqu'un tape à la porte et entre. C'est Sophie.
- Excusez-moi de vous interrompre.
Elle se gratte la gorge, gênée.

- Mademoiselle Durand, je… j'ai une mauvaise nouvelle à vous annoncer… Votre mère… elle vient de nous quitter.

Caroline pousse un hurlement de désespoir, en se cachant le visage entre ses mains.
L'infirmière, reprend, le cœur fendu :

- Elle a absolument tenu à ce que je vous remettre cette enveloppe en mains propres. Je m'étais attachée à elle, vous savez ? Toutes mes condoléances.

Elle pose l'enveloppe et sort de la chambre.
Daniel s'approche de Caroline pour essayer de la consoler, mais celle-ci le repousse violemment :

- Va-t-en ! crie-t-elle. Sors ! Sors de ma vie ! Cet enfant, je veux l'élever seule !

****

Sophie interpelle Daniel dans le couloir :
- Elle a subi plusieurs chocs, ne vous en faites pas, elle va se calmer. Revenez la voir demain, elle ira sûrement mieux.
- Je ne sais pas... Je suis désolé que vous ayez dû assister à ça...
- Oh, j'ai vu pire ! Par contre, j'ai bien peur que Mademoiselle Durand ne soit pas en état physique pour s'occuper des papiers administratifs de sa mère... Malheureusement, des obsèques demandent pas mal de temps...
- Je m'en occupe.

Lorsque Daniel quitte l'hôpital, une pluie diluvienne s'abat sur la ville. Décidemment, c'était vraiment la pire journée de sa vie après celle du 05 novembre 1999. Il avait perdu le même jour sa copine, sa « belle-mère » et son enfant...

Il rentre dans sa voiture trempé, et ses nerfs lâchent enfin. Après un cri de colère et d'injures, il verse toutes les larmes de son corps.

****

Caroline, tremblante, décachette l'enveloppe que lui a transmise Sophie. Sa mère lui avait écrit une lettre avant de mourir. Elle se doutait donc que la fin était proche pour elle...
La jeune femme commence la lecture, non sans émotion.

Ma chérie,

Puisses-tu un jour me pardonner pour tous ces mensonges et ces silences.
Pardonne-moi mon absence, d'avoir pris des chemins qui t'auront privée de ta mère, mais saches que tout ce que j'ai entrepris était pour ton bien.
Il y a de cela dix ans existait une femme, une Marilyne autre que ta mère, faible, impuissante, sans défense et même pas capable de voir que sa fille était en détresse.
Cette femme aimait un homme qui la battait et qui lui disait toujours après une forte dispute qu'il ne le referait plus jamais. J'ai cru en lui, en sa sincérité...
Jusqu'au jour où j'ai surpris Daniel chez nous, ce petit adolescent affolé, une arme à la main, qui venait de commettre un crime et qui m'a dévoilé la dure vérité.
Oui, il l'a tué, mais il t'a sauvé, ma fille. Pour moi, sacrifier la vie de José afin de sauver celle de ma fille n'était pas un crime. Jamais la justice et ses lois n'auraient pu comprendre cela... alors je l'ai couvert ton ami, je me suis dénoncée à sa place. La

police scientifique et les jugent n'auraient jamais pu découvrir la vérité. J'ai effacé moi-même toutes traces : empreintes, traces de pas, cheveux... Même l'identification de l'arme que Daniel avait empruntée avait été préalablement rayée.
Certaines causes valent plus que votre propre vie...
Ton ami était si jeune... Ne lui en veut surtout pas. Lors de ces fréquentes visites, il me parlait de sa vie, de toi. Il a toujours gardé un œil sur toi pour te protéger. Il t'a toujours aimé, Caroline. C'est lorsque je le voyais que je me persuadais d'avoir fait le bon choix.

Maintenant je dois partir, Caroline, et il est trop tard pour changer le cours des choses. Je te promets que j'emporte avec moi tous ces mauvais souvenirs afin que tu puisses tourner la page et refaire ta vie avec ta petite famille. Le bébé que tu attends est un espoir que la vie t'offre. L'idée de ne pas le voir naître est d'une cruauté que je ne peux concevoir, mais où que je sois, sache que mon âme restera près de vous.
Partez, toi, le bébé et Daniel, partez loin comme je t'ai conseillé de vive voix aujourd'hui même et ne faites confiance à personne à part ta tante et ton oncle. L'idée que la fille biologique de José fasse surface ne me plaît guère... et tu sais, mon instinct ne m'a jamais trompé. Fuyez-la !
Je t'aime ma fille, si fort que tu ne pourras le comprendre avant d'avoir mis au monde cet enfant.
Je te souhaite plein de courage et de bonheur dans ta nouvelle vie.
Il te faudra peut-être du temps, mais un jour tu pardonneras...

Pendant toutes ces années en prison, tu as été ma raison de vivre.

Ta maman qui t'aime

Caroline replie la lettre, la serre sur son cœur et pleure jusqu'à n'en plus pouvoir.

-10-

La vérité éclate

Octobre 2009

Caroline a les yeux dans le vague. Aujourd'hui on enterre sa mère. La cérémonie à l'église, simple mais très émouvante vient de s'achever. Des fossoyeurs placent à présent le cercueil dans le caveau familial.
Les yeux rougis par le chagrin, le bras en écharpe, une minerve autour du cou, elle fixe la scène, le regard lointain.
Elle n'avait pas adressé la parole à Daniel de toute la journée.
Sa tante Anna et son oncle Pierre l'entourent.

Une fois l'enterrement terminé, Anna enlace sa nièce.
- Ca va aller, la réconforte-t-elle. Ton oncle et moi on est là pour toi. Qu'est-ce qui s'est passé avec Daniel ? Tu l'as ignoré toute la journée... Tu sais, il m'a beaucoup aidé pour les obsèques à ta mère, c'est un garçon très gentil et il a l'air tellement malheureux lui aussi...
- Il n'avait pas à s'occuper de ça avec toi ! Il ne fait pas partie de la famille !
- Pourquoi tu réagis comme ça ?
- Laisse tomber...
- Bien... Si jamais tu veux en parler, sache que je suis là.
Caroline lui sourit.
- Je sais, merci.

****

Pendant ce temps, à Gardanne, une petite voiture de location se gare dans la cour en bas de chez Caroline.
Anaïs ayant appris le décès de Marilyne et sa date d'enterrement savait que sa fille ne rentrerait pas avant un bon moment. Obstinée, elle s'était mise en tête de fouiller à nouveau son appartement, que quelque chose avait forcément dû lui échapper la dernière fois.
Prudente, elle surveille plusieurs minutes le voisinage et s'approche discrètement de la porte d'entrée de la maison de ville. Se doutant que cette fois-ci les clés ne seraient plus cachées sous le pot de fleurs, elle avait fait appel deux jours avant à un professionnel pour fabriquer un passe.
Le « clic » de la serrure se fait entendre. Ca y est, elle était prête à entrer... Son cœur bat tout aussi fort que la première fois.
Elle ne sait par où commencer : le salon ? La chambre ? L'ordinateur avait disparu... ainsi que la clé USB... Peut-être qu'un indice s'y cachait et qu'elle avait failli toucher au but la dernière fois ?... Où Caroline a-t-elle pu cacher un ordinateur portable ? Sous le canapé ? Sous le lit ?
Elle se met hâtivement à la tâche en réfléchissant en même temps.
Rien sous le canapé... Rien sous le lit...
Soudain son regard est attiré par un bout de papier froissé qui dépasse du tiroir de la table de chevet de la chambre. Elle récupère la feuille pliée en quatre, tâchée de gouttelettes ayant fait baver l'encre...
Etait-ce des larmes ?... Cette idée accentue sa curiosité et elle se met à lire la lettre.

Ma chérie,

Puisses-tu un jour me pardonner pour tous ces mensonges et ces silences...

A la fin de sa lecture, ses mains tremblent. Elle tient enfin une preuve, LA preuve que Marilyne était innocente... Elle qui croyait dur comme fer que Caroline était la principale suspecte, elle ne se doutait pas le moins du monde que c'était son petit-ami Daniel le coupable. Depuis le début, Caroline était blanche comme neige et elle regrette soudain d'avoir fait d'elle une victime.
Désormais, il fallait qu'elle fasse connaître la vérité et qu'elle s'occupe de Daniel Flores.

****

Daniel arrive enfin dans la cage d'escalier de son immeuble. Il récupère son courrier dans la boîte aux lettres et rentre chez lui.
Exténué par cette dure journée, et fortement attristé par la réaction de Caroline, il se laisse tomber sur son canapé, en jetant son courrier sur la petite table basse en face de lui.
Allait-elle lui pardonner un jour ? Si oui, combien de temps devrait-il attendre ?
Son humeur dépressive de ces derniers jours lui réclame un remontant. Il se dirige vers un placard de la cuisine, en sort une bouteille de whisky et se sert une grande rasade dans un verre accompagné de deux glaçons. Il retourne s'asseoir sur le canapé telle une loque, son verre dans une main, la télécommande de la télévision dans l'autre. Les actualités défilent à l'écran : attaque d'une banque à l'explosif, stress au travail et harcèlement moral, Nicolas Sarkozy et Barack Obama candidats au Prix Nobel de la paix 2009, une joggeuse violée et tuée, suicides à France

Telecom, attentat au Pakistan : plus de quarante morts, glissements de terrain aux Philippines : plus de cent soixante morts...
Rien de bien réjouissant et rien qui vaille la peine de regarder pour se remonter le moral !
Il éteint la télévision à la dégoutée et se sert un deuxième verre d'alcool. En reposant la télécommande sur la table basse, son regard s'arrête sur son courrier ramassé une heure plus tôt.
Une enveloppe attire tout particulièrement son attention. Seuls son prénom et son nom y figurent, écrit au stylo d'une écriture ronde plutôt féminine. La lettre n'affiche ni timbre, ni cachet de poste, ce qui signifie que la personne est venue directement la déposer dans sa boîte aux lettres. En ouvrant l'enveloppe, il eut la surprise de lire :

Je sais ce que vous avez fait à José Peres. Retrouvez-moi demain soir à 23h00 précise à l'entrée Nord du Port Autonome de Marseille, à l'intérieur d'un entrepôt désaffecté situé à gauche de l'entrée.
N'arrivez pas en retard, sinon j'irai vous dénoncer, preuves à l'appui...
Inutile de vous dire de venir seul et non armé.

Une photo y était jointe en guise de preuve, il s'agissait d'une lettre signée de la main de Marilyne...

****

Minuit

C'est la troisième fois que retentit la sonnerie du portable de Caroline en deux heures : de nouveau Daniel.

Sur le premier message qu'il a laissé, il l'implorait de lui pardonner. Il lui disait que sa vie n'avait aucun sens sans elle et qu'il allait se dénoncer à la police. Sa voix était saccadée, il avait du mal à parler. Etait-ce parce qu'il sanglotait ou parce qu'il était saoul ?

Sur le deuxième message, elle en avait le cœur net, il était saoul comme un coing. Ses phrases étaient ponctuées de hoquets et il gémissait comme un bébé en plein caprice : *S'il te plaît, s'il te plaît ! Hic. Réponds-moi ! Hic. Parle-moi une dernière fois ! Demain, hic, je me rends, tu me verras plus ! Je t'aime ! Carooooo !!!*

Elle avait le cœur serré, cet appel désespéré la bouleversait. Mais après tout, que justice soit faite, sa mère avait sacrifié sa vie pour lui !

Troisième message. Il semblait épuisé, essoufflé, sa voix sifflait : *Caro, promets moi une chose, prends soin de toi… Quelqu'un me fait du chantage pour que je parle, quelqu'un est au courant de toute l'histoire… Mets-toi à l'abri, on ne sait jamais… Demain soir à 23h00, la personne m'a donné rendez-vous. Je vais tout avouer. J'ai peur. Au revoir mon amour…*

Cette fois, la jeune femme est intriguée. Du chantage ? Doit-elle prendre au mot Daniel ? Il a bu toute la soirée, il doit probablement délirer. Elle décide d'attendre le prochain appel pour répondre.

2 h du matin

Pas d'appel, Daniel a dû s'endormir…

5h du matin

Toujours rien. Caroline commence à s'inquiéter, elle n'a pas fermé l'œil de la nuit. Elle compose le numéro de portable de Daniel, mais tombe directement sur le répondeur...

****

8 h du matin

Toujours pas de nouvelle de Daniel. Son portable doit être éteint. Décidée, et surtout de plus en plus inquiète, elle doit vérifier s'il va bien. Son état n'était vraiment pas net cette nuit et en repensant à sa voix sur le dernier message qu'il lui a laissé, elle se met à frissonner.
J'espère qu'il n'a pas fait de bêtise...
C'est là qu'elle comprit que, malgré l'horrible découverte de ces derniers jours, malgré la rancœur tenace qu'elle ressent envers lui, elle l'aime toujours...
Elle fonce chez lui. Arrivée en bas de l'immeuble, elle bouscule un vieil homme sortant à peine du bâtiment pour promener son chien. Elle s'excuse rapidement et profite que la porte d'entrée soit encore ouverte pour se faufiler. Elle monte les escaliers quatre par quatre et enfin tape à la porte de l'appartement de son ami.
Pas de réponse. *Merde ! Est-ce que j'ai pris le double ?*
Elle fouille son sac à main et le met sans dessus dessous, mais elle y sort enfin le double.
Elle entre et dans la panique ne prend même pas la peine de refermer la porte derrière elle.
- Dan, c'est Caro ! Dan, réponds s'il te plaît ! T'es où ?
Elle donne un coup de pied dans une bouteille de whisky vide, qui traine au sol.
Merde ! L'imbécile, il s'est sifflé la bouteille !

Dans le couloir, un voisin, inquiet tend l'oreille et essaye de regarder à l'intérieur de l'appartement du jeune homme. Caroline aperçoit le curieux, va pour fermer la porte, lorsque l'homme, gêné par la situation lui dit :
- Monsieur Flores est sorti ce matin de bonne heure, Madame... Je l'ai croisé dans l'escalier quand je suis allé acheter le pain.

C'est au tour de Caroline d'être mal à l'aise. Elle remercie l'homme pour son information, sort de l'appartement, et referme la porte à clé.
Daniel n'a pas fait de coma éthylique, il n'a pas non plus pris de dose mortelle de cachets où je ne sais quoi !...
Rassurée sur ce point, elle décide maintenant de reprendre les choses en main. Elle devait à présent écouter les conseils de sa pauvre mère... Mieux vaut tard que jamais !

****

23h00

Anaïs est au point de rendez-vous. Vêtue de noir, les cheveux tirés en un chignon, une capuche sur la tête et armée de son calibre 9 mm, elle attend dans sa voiture de location.
Comme elle l'avait prévue, l'endroit à cette heure-ci est désert. Elle a fait en sorte de se garer à l'abri des regards en cas de passage, camouflée derrière l'entrepôt, mais de façon à voir les allées et venues dans le port.
Elle a peur, mais sa volonté de vengeance touche enfin au but. Elle a tout prévu. Elle guettera l'arrivée de Daniel discrètement. Il entrera dans l'entrepôt, comme elle lui avait demandé dans sa lettre. A ce moment-là, elle entrera à son tour et il sera fait

comme un rat ! Elle pointera son arme sur lui, il avouera tout et là… elle tirera.
Aucun témoin, aucune preuve. Elle effacera toute trace de son passage. Elle laissera son corps gisant sur le sol, faisant croire à un règlement de compte, ce qui n'était pas rare sur Marseille.

23h30

Anaïs est énervée. Daniel est en retard…

05h00 du matin

La jeune femme a passé la nuit dans la voiture.
Daniel n'est pas venu. Quelques dockers commencent à entrer dans le port pour rejoindre leur poste de travail. Elle doit partir.
De toute évidence et à sa grande déception, son plan A n'a pas fonctionné. Elle doit mettre en œuvre le plan B : dénoncer Daniel Flores pour le meurtre de son père. Assassinat, mensonges, il prendra cher pour un bon moment ! Ce n'est pas sa mort, mais la vengeance de la jeune femme sera tout de même assouvie…

7h30 du matin

On tambourine à la porte du studio de Daniel.
« Police, ouvrez ! ».
Pas de réponse. Trois hommes se tiennent prêts à entrer de force, escortés d'Anaïs. Cette dernière leur avait tout expliqué au poste, elle leur avait fourni la photographie de la preuve qu'elle avait trouvé dans l'appartement de Caroline.

Une fois, deux fois, trois fois…
« Forcez la porte ! » crie le plus âgé des trois hommes.

Ce dernier s'écarte. Les deux autres foncent ensemble sur la porte d'entrée jusqu'à ce que la serrure cède.

Brandissant leur arme, les trois policiers entrent prudemment, en faisant signe à Anaïs de rester dans le couloir.
Le tour du studio est vite fait.
A leur grand étonnement, ils devinent que quelques bibelots ont été enlevés, à la vue des traces de poussière présentes sur les meubles. Ils constatent de plus, que plus un seul habit ne traine dans la penderie... Seul un cadavre de bouteille de whisky gise au sol.
Daniel Flores a mis les voiles...

****

8h00 du matin

Caroline attend devant la porte d'embarquement pour le vol Marseille – Athènes, qui venait de s'afficher à l'écran.
Elle est épuisée. Elle se remémore sa journée de la veille et les deux nuits affreuses qu'elle venait de subir.
La veille, elle avait tenté de joindre Daniel sur son portable, en vain. De nouveau, elle était tombée sur son répondeur. Elle lui avait laissé un message. Cette fois-ci, c'est elle qui l'avait supplié de ne pas faire de bêtises, qu'elle ne voulait pas dire à son enfant plus tard que son père était en prison...
Alors elle lui avait donné des instructions précises, elle avait un plan. Il restait par chance quelques places de dernières minutes pour partir. Elle n'a pas précisé la destination sur le répondeur au cas où le portable de Daniel était sur écoute. Elle avait acheté les billets via Internet. Elle l'attendrait à huit heures à l'aéroport Marseille Provence, au hall numéro trois.

En effet, Caroline a un plan. Ses cheveux coupés très courts ébouriffés au-dessus de la nuque et à présent de couleur châtain

l'ont vieilli. Les lunettes de vue aux montures foncées lui donnent un air très sérieux.
Elle tient dans ses mains moites des papiers d'identité et passeport aux noms de Christelle et Clément Quimper.

8h30 du matin

- Madame, nous allons fermer la porte d'embarquement.
L'hôtesse, une quarantaine d'années au visage souriant, vient de recevoir par talkie l'instruction de clôturer l'accès à l'avion à destination d'Athènes. Caroline, implorante regarde son badge accroché à sa veste tailleur bleue, où été écrit son prénom.
- S'il vous plaît, Madame, euh... Nathalie, encore deux minutes, je vous en supplie...

L'hôtesse, patiente et bien aimable, lui accorde ce délai, en insistant que ce ne serait pas une minute de plus.
Caroline la remercie mais au fond d'elle elle sait que tout est foutu... il ne viendra pas.
De loin, elle aperçoit un homme de dos portant une veste demi-saison en daim beige, correspondant à la stature de Daniel, et qui semble chercher quelqu'un. Elle reprend espoir, et court vers lui en criant son prénom.
L'homme se retourne... Malheureusement pour elle, il la regarde bouche bée en prononçant : « Non, désolé ».
Des larmes de défaite montent aux yeux de la jeune femme lorsqu'elle entend : « Caro, je suis là, désolé pour le retard ! ».
Elle manque de s'effondrer, mais l'adrénaline l'en empêche. Elle voit l'hôtesse au loin lui faire un signe comme quoi le timing était dépassé.
« Vite, crie-t-elle à Daniel, suis moi ».
En passant la porte, elle dit un grand « merci » à Nathalie.

Il était moins une...
A peine assis dans l'avion que le commandant de bord donnait les instructions.

****

Dans le hall numéro trois, la police questionne les passants avec les portraits robot des deux personnes recherchées : Daniel Flores accusé de meurtre et Caroline Durand accusée de complicité de fuite.
Suite à la demande d'Anaïs, la police avait effectué rapidement une recherche pour retrouver le numéro de portable de Daniel Flores, et avait pu écouter les messages laissés sur son répondeur, ce qui les a conduit au hall numéro trois de l'aéroport Marseille Provence. Le timing étant très restreint, ils n'ont pas pu aller plus loin dans leurs recherches.
Il suffit maintenant de connaître le numéro de vol que Caroline a réservé. Avec un peu de chance l'avion n'a toujours pas décollé.

Finalement c'est Anaïs qui interroge seule les voyageurs patientant dans le hall avec les portraits, alors que les trois policiers se dirigent vers le personnel de l'aéroport.
Un vol vient d'être annoncé par le haut-parleur et plusieurs personnes se lèvent rejoindre la porte d'embarquement correspondante, dont un homme vêtu d'une veste beige en daim, à deux pas d'Anaïs...
Nathalie regarde l'heure à l'horloge accrochée au mur du hall numéro trois. Son service est terminé depuis cinq minutes. Elle souhaite une bonne journée à ses collègues et quitte son poste...

Personne n'a vu le couple. Anaïs est désespérée. Soit il s'agit d'un coup monté par Caroline en indiquant une fausse piste sur le répondeur à son ami, soit ils sont arrivés vraiment trop tard...

De leur côté, les trois hommes en uniforme n'ont pas obtenu plus d'informations. Le personnel de l'aéroport leur propose alors de

visionner les films enregistrés par les caméras de surveillance depuis ce matin, six heures. Mais le temps était compté.
L'avion à destination d'Athènes avait déjà décollé depuis plus de cinquante minutes…

****

Caroline s'empresse vers les toilettes de l'avion. Elle se penche in extremis vers la cuvette pour vomir de la bile.

Les désagréments de la grossesse commencent… pense-t-elle.

Elle sort une lingette rafraîchissante et se la passe sur le visage. En se regardant dans le miroir, elle prend peur. Elle a vraiment besoin de sommeil… Tout ce qu'elle a encaissé depuis deux jours et ce matin ressort désormais sous ses yeux sous la forme de cernes. Hier, elle a dû tout d'abord accepter l'idée que sa vie devait changer du tout au tout si elle voulait vivre en liberté et heureuse avec Daniel et son enfant. Elle a donc ressortit l'enveloppe cartonnée que sa mère lui a donné en mains propres quelques heures avant de mourir, pendant leur grande discussion. Elle se rappelle de ses paroles : « *Tu ne peux pas imaginer tout ce qu'on apprend lorsqu'on est enfermé derrière les barreaux… La prison, c'est la survie. Si tu veux t'en sortir, il faut malheureusement apprendre à magouiller… Je me suis fait une amie là-bas. Une fille qui n'a pas hésité à m'aider lorsque je lui ai raconté mon histoire, en échange de quelques biens qui m'appartenaient. Elle, elle s'était fait prendre pour vol à mains armées et changements d'identité. Elle connaît tous les filons pour changer de vie. Malheureusement pour elle, quelqu'un l'a balancé, elle n'a pas eu le temps de fuir cette fois-ci…*

Prends cette enveloppe ma chérie et ne crache pas dessus, je suis persuadée qu'elle peut te servir. Elle comporte des papiers aux noms de Christelle Quimper et Clément Quimper, ainsi que deux passeports. Mets toi dans la peau de cette Christelle, mets toi une bague à l'annulaire en guise d'alliance, change de look, et pars loin d'ici ! Change de vie ! Tu peux y arriver... »

Ensuite, elle est allée chez le coiffeur, chez l'opticien. Elle a acheté une fausse moustache à Daniel. Elle a fait des photos d'identité avec son nouveau look et a falsifié une photo de Daniel en la scannant et lui rajoutant une fausse moustache. C'est fou tout ce qu'on peut faire grâce à Internet ! Sur son répondeur, elle lui a demandé d'aller à l'endroit où ils aimaient aller ensemble pique-niquer pour y chercher un paquet caché sous la table en bois (qui contenait la liste des changements qu'il devait effectuer). Puis, elle a dû trouver une destination pour fuir sous les noms de Christelle et Clément Quimper. Enfin, elle a attendu avec angoisse Daniel à l'aéroport sans savoir s'il avait reçu son message, prévenir l'école où elle travaille qu'elle ne viendrait pas pendant plusieurs jours en prétextant qu'elle était malade, laisser un message à sa tante et à son oncle pour les rassurer...

Une fois débarbouillée, elle va retrouver sa place près de Daniel. Lui aussi possède des cernes de fatigue. Ils pourront tous deux enfin dormir pendant les 2h30 de vol, et avant de reprendre un ferry qui les emmènerait sur une île grecque. Il la regarde, admiratif, en laissant échapper un « merci » plein de reconnaissance.
Puis, il poursuit :
- Pourquoi as-tu fait ça ?
- Je ne sais pas. Et toi, pourquoi tu ne répondais pas à mes appels ? Tu aurais pu me dire que tu avais reçu mon message et que tu étais allé chercher le paquet pour me rassurer ! Tu ne peux pas savoir le sang d'encre que je me suis fait !
- Excuse-moi. Le soir où j'ai essayé de te joindre et que je t'ai laissé trois messages vocaux, j'ai balancé mon portable parterre tellement j'étais furieux ! Depuis, il déconne : je peux toujours

recevoir les appels mais je ne peux plus en émettre ! Merci d'avoir fait tout ça. Tu m'en voulais tant...
- Je t'en veux toujours !
- Tu sais, je ne te demandais pas de me sauver la mise... Juste de me pardonner...
- Ca viendra... avec le temps...
- Je ne voulais pas le tuer.
Caroline le fixe mais ne dis pas un mot. Il reprend :
- Ce jour-là, tu étais venue chez moi pour mon anniversaire. Tu devais rentrer tôt. Tu te souviens ?
Elle acquiesce douloureusement.
- On s'est embrassé juste avant que tu ne partes. J'étais le plus heureux. Je voulais tellement me confier et t'avouer mes sentiments pour toi, mais je n'ai pas osé.
Tu étais pressée. Je me suis dis que j'aurais une autre occasion pour te parler.
Peu de temps après, je guettais ton appartement de ma fenêtre, je voulais te voir encore un peu. Et puis, j'ai vu... J'ai vu ce salaud te cogner une fois de plus. J'ai compris que cette fois-ci, cela pouvait t'être fatal. Alors, je suis devenu fou !
J'ai tapé à l'appartement de mon voisin pour emprunter son arme et je suis parti en courant vers chez toi. Je voulais seulement lui faire peur en pointant l'arme et qu'il te libère de son emprise.
Le temps que j'arrive et que j'entre dans ton appartement, tu avais réussi à t'enfuir. L'autre, il était hors de lui ! Quand il m'a vu, il s'est mis à m'insulter. Il s'est approché en menaçant de me frapper et machinalement j'ai crispé mes doigts sur l'arme. Le coup de feu est parti... Tout est allé si vite ! Je suis désolé pour tout, Caro.

Daniel se tait. Caroline, émue, le serre dans ses bras. Les mots n'arrivent pas à sortir de sa bouche. Quelques secondes plus tard, Daniel rompt le silence et tente d'égayer la conversation.

- C'est quoi la suite du programme ?
- Se faire oublier quelques temps sur une île, changer de mode de vie...
Daniel a réussi, la jeune femme a retrouvé son sourire.

- Tu sais que la moustache te va bien ?
Elle rit. Même dans les moments difficiles, elle a toujours su détendre l'atmosphère.
- J'ai choisi la même couleur que tes cheveux, ce sera plus simple pour toi si tu veux la faire pousser...
Il sourit et enchaîne :
- Pourquoi le Grèce ?
- Tout simplement parce que c'est une des destinations qui proposait un vol pour ce matin ! Et puis, ça a l'air chouette la Grèce, les îles, le soleil... En fait, je ne sais pas vraiment... J'ai suivi mon instinct, je suis tellement fatiguée que j'ai du mal à réfléchir.
- Là, je peux te croire ! Mais toi, ton travail, ta passion pour l'enseignement, pourquoi avoir tout plaqué ?
- A ton avis...
Il hésite.
- Tu... tu m'aimes toujours ?
- Malheureusement ! souffle-t-elle avec une pointe d'ironie. La lettre de ma mère m'a ouvert les yeux...
Il sourit.
- Ta mère était une femme exceptionnelle.
- Oui...
- Comme sa fille...
- Et peut-être comme sa petite-fille...
- Tu crois que ça va être une petite fille ?
- On verra. Dans les deux cas, cet enfant sera heureux.

Elle pose sa tête sur l'épaule de son ami et s'assoupit presque aussitôt. Daniel en fait autant, jusqu'à l'atterrissage.

****

Anna et Pierre viennent d'entendre le message de leur nièce, la voix tremblante. Ils comprennent que quelque chose de grave s'est passé. Caroline leur a promis de donner de ses nouvelles, sans leur dire où elle partait.
Des larmes coulent sur les joues d'Anna, alors que Pierre, le cœur gros, la serre dans ses bras pour la consoler...

****

Midi

Après avoir récupéré leurs bagages, le couple se dirige vers une station de bus, direction le port « Le Pirée » afin de prendre un ferry.

13 heures

- J'ai faim !
- Moi aussi, répond Caroline. On arrive au port dans quelques minutes et on se prend des sandwichs.
- Alors, tu ne m'as toujours pas dit où on va...
- Eh, oh, tu crois que je vais faire tout le programme ! taquine-t-elle. Maintenant, c'est à toi de bosser !
- Tu connais les Cyclades ?
- Non.
- J'y suis allé une fois avec mes parents quand j'étais ado. C'est magnifique toutes ces îles !
- Il y en a une que tu as préférée ?
- Je ne me souviens plus... Mais je te propose qu'on regarde les photos qui seront affichées au port et qu'on choisisse ensemble.
- Mmm, ça me va !

Ils avaient enfin tous deux repris le moral.

13 heures 30

- Va pour Naxos ! dit-elle gaiement.
- Quatre heure de trajet en ferry, et ensuite… à nous la liberté !
Le quai est bondé de monde. En ce mois d'octobre, les températures sont encore chaudes en Grèce et l'odeur qui se dégage de la foule les écœure.
Caroline se concentre pour ne pas vomir de nouveau. Leurs sandwichs à la main, ils préfèrent attendre d'être sur le ferry pour les déguster.
Une fois embarqués, un sentiment de soulagement les enveloppe. Enfin ! Ils vont pouvoir manger, boire, dormir. Quatre longues heures se présentent devant eux.
Une foule de passagers est entrée à bord. C'est au tour des voitures d'embarquer, puis le bateau fait retentir sa sonnerie grave, en crachant une épaisse fumée grise. Le personnel largue les amarres et le ferry s'éloigne peu à peu des quais du Pirée.
Une fois leur repas engloutis, Caroline et Daniel restent un moment sur le pont au grand air.
Au large, le scintillement des rayons du soleil reflètent sur la mer d'un bleu profond. Déjà, quelques îles se montrent à l'horizon, derrière une fine couche de brume, leur donnant un aspect mystérieux.
Daniel sort son portable de sa poche. Il l'avait éteint avant le décollage et n'avait pas eu le temps de le rallumer depuis.
- Qu'est-ce que tu fais ? demande Caroline.
- Je rallume mon portable, pourquoi ?
- T'es fou !
Elle lui arrache des mains.
- C'est inconscient, tu imagines si la police nous piste grâce à nos smartphones ?!
Elle sort le sien de son sac à bandoulière. Elle jette les deux téléphones à ses pieds et les piétine jusqu'à ce qu'ils soient hors d'usage. Elle les ramasse et les montre à son ami :
- Ca, c'est notre passé !

Et elle les jette dans une poubelle du ferry.

Daniel, penaud, regarde son portable flambant neuf partir à la poubelle.
- On en rachètera un sur l'île, fais pas cette tête ! taquine-t-elle. De tout façon, il était à moitié cassé ! Au fait, as-tu eu le temps d'embrasser tes parents avant de partir ?
- Oui, je suis passé chez eux avant de filer pour l'aéroport… d'où mon retard.
Il baisse la tête d'un air triste.
- Je suis désolée, enchaîne Caroline, je sais que tu as de bonnes relations avec eux et que ça va être dur pour toi de ne plus les voir.

Prise d'un vertige, elle s'assoit sur un banc.
- Ca va ?
- Oui… Plus ou moins… Il me manque une bonne nuit de sommeil derrière moi…
- Je sais… Excuse-moi. Je vais m'occuper de toi maintenant. T'as des nausées ? Des douleurs au ventre ?
- Des nausées parfois. Ne t'inquiète pas pour moi, je suis solide comme un roc !
Il sourit :
- Ca, je sais !
- Clément ?
Il paraît surpris.
-Oui, maintenant, faut que tu t'y fasses, tu t'appelles Clément ! Je peux te poser une question qui me trotte dans la tête depuis des jours ?
- J'ai peur de ce que je vais entendre, mais vas-y, ironise-t-il.
- Pourquoi as-tu récupéré la balle qui a traversé le corps de José, et pourquoi l'avoir gardé toutes ces années ?
- Ca fait deux questions, là !
Il voit l'air sérieux de sa petite-amie et se ravise :
- Je crois que c'était pour moi, une sorte d'assurance afin d'innocenter ta mère un jour. J'ai gardé la preuve au chaud, sans trop savoir quand la sortir… J'ai honte de ce que j'ai fait, si tu savais…

- Chut… le coupe-t-elle. C'est du passé. Tu l'as encore sur toi ?
- Oui.

Il sort son vieux portefeuille Calvin Klein et en sort la munition. Caroline lui tend la paume de sa main :
- Je peux ?

Il lui pose la pièce métallique au creux de sa main en guise d'acquiescement, devinant le geste qu'elle souhaite faire.
La jeune femme s'approche du garde-corps du ferry et d'un mouvement élancé, lâche le plus loin possible l'unique preuve qui aurait pu innocenter sa mère…

Epuisés, ils se dirigent vers l'intérieur du ferry afin de trouver un fauteuil où dormir le reste du voyage.

****

Une certaine agitation se fait ressentir à bord du ferry. Les familles commencent à se regrouper, les mères rangent les affaires de leurs enfants, les pères endossent des gros sacs à dos et trainent des valises.
Ce flux d'excitation réveille les deux fugitifs qui s'étaient endormis dans un fauteuil en velour rouge, la tête de Caroline reposant sur l'épaule de Daniel.
La jeune femme les yeux encore mi-clos, relève sa tête et jette un œil à travers le premier hublot.
Enfin, l'île montagneuse de Naxos culmine devant eux, avec ses vallons plantés d'oliviers, de vergers et de champs potagers…

-11-

Epilogue

Le soleil se couche sur la Grèce. Il ne forme maintenant plus qu'un demi-disque lumineux qui semble flotter sur la mer et les couleurs flamboyantes qu'il dégage donne une atmosphère chaleureuse. La vue depuis la « Portara » comme l'appellent les locaux, est époustouflante. Ce monument imposant, qui devait appartenir à un temple érigé en l'honneur d'Apollon, caractéristique de l'île, encadre en cette fin d'après-midi la demi-boule de feu.
L'ambiance est apaisante, la mer est d'huile.
Christelle et Clément sont assis sous la Grande Porte. Deux vies, enlacées.
La main du jeune homme est posée sur le ventre rond de sa compagne, à l'affût du moindre mouvement... Une troisième vie...
Depuis qu'ils vivent ici, ils n'ont jamais regretté leur choix pour Naxos. L'île leur offre toutes les commodités : magasins, restaurants, hôpital, écoles, etc, en gardant en même temps un côté préservé, intime et authentique. Enfin, ils sont heureux !
Christelle commence à chantonner une berceuse qu'elle tenait de sa mère quand elle était enfant : *Doucement, doucement, doucement s'en va le jour, doucement, doucement, à pas de velour...*
  - Peut-être que ça la fera bouger..., plaisante-t-elle rayonnante.
La grossesse lui va si bien...

- Là !! s'exclame-t-elle. Tu as senti ? Elle a bougé !

Elle pose à son tour sa main sur son ventre. A son annulaire gauche scintille un petit diamant accompagné d'un anneau en or blanc.

- Oui, répond Clément. C'est merveilleux comme sensation...

Les deux jeunes gens respirent le bonheur.

Après avoir observé le déclin total du soleil, Clément rompt le silence :

- On y va Madame Quimper ? Nous sommes attendus au village pour l'anniversaire...
- C'est parti !

Elle se relève difficilement à cause du ventre imposant mais aidée par son mari. Plus que deux mois avant l'arrivée de leur enfant...

****

Ce soir, le village est en fête. Tous les habitants du vieux quartier sont réunis sur la place publique pour célébrer le centième anniversaire de Madame Pekios. L'ancienne boulangère de l'île est une dame respectable, droite, aimable et souriante malgré les multiples douleurs liées à son âge avancé.

Son visage tout ridé est rieur et ses yeux pétillent en cette soirée consacrée en son honneur. Cent ans !

La vieille femme est assise dans un fauteuil confortable spécialement sorti pour elle. Devant elle s'étalent de longues planches montées sur des tréteaux, et recouvertes de nappes blanches à carreaux bleus faisant office de tables. Celles-ci débordent de plats appétissants : féta grillée, pain frais, tzatziki, calamars, poulpes en salade, moussaka, baklavas et autres pâtisseries...

L'ambiance est joviale et l'air est saturé d'odeurs alléchantes d'huile d'olive, de thym, de romarin, de miel...
Rien ne manque. Même l'alcool coule généreusement dans les verres : Muscat de Samos, Ouzo, Raki... Deux serveurs sortant d'une *taverna* apportent des boissons fraiches et du vin.

En fond d'ambiance, des sons de lyre et de bouzouki. Un vieux CD de musique grecque tourne. Certains dansent de bon coeur, d'autres boivent et grignotent des olives. Le ciel rose foncé commence à s'assombrir. Des guirlandes de lampions bleus accrochées aux platanes plantés tout autour de la placette s'allument portion par portion. Des hirondelles profitent de la dernière lueur du jour pour chasser des insectes en sifflant.

Christelle et Clément aiment cette atmosphère, ces gens, ces festivités à chaque occasion, cette générosité débordante. Ils se sont intégrés de suite à la culture de l'île et les villageois les ont parfaitement accueillis. Trois ans déjà que leurs malheurs sont derrière eux...
Un petit garçon enthousiaste se jette entre les jambes de Christelle, la voyant revenir avec Clément :
- Maman ! Papa !
- Mon p'tit Paul chéri ! T'as été sage avec Madame Pekios ? demande la jeune maman.
Le petit garçon éclate de rire en guise de réponse. Il est tellement joyeux et plein d'énergie. Il y a environ deux ans et demi, Christelle a mis au monde un beau bébé tout rond. Elle et son mari ont décidé de l'appeler Paul, en l'honneur de son grand-père.
Depuis, les jeunes parents ont fait du chemin. Christelle enseigne la langue française aux collégiens grecs ; Clément a retrouvé un poste de pharmacien herboriste dans la vieille ville de l'île. Ils ont été très rapidement appréciés par les habitants du coin qui les ont merveilleusement bien intégrés parmi eux lors des fêtes de village, des sorties en bateau, des matinées de pêche... Le couple a même appris à parler le grec.

Christelle s'approche de *Kyria (Madame)* Pekios et lui dit un grand *efcharisto (Merci)* pour avoir surveillé le petit Paul une heure.
La dame âgée affiche un grand sourire édenté accompagné d'un petit signe de tête pour lui montrer sa sympathie.

Et à ce moment précis, Christelle aimerait que cet instant soit figé pour toujours… Elle est avec son mari, son fils, ces gens adorables et bientôt sa fille…

On dit souvent que toutes les bonnes choses ont une fin. Avec plus d'optimisme, il est bon de dire aussi que la roue tourne et que même les pires choses finissent par tarir un jour…

Sommaire

1- Début de l'automne   p 5

2- L'enfant caché   p 11

3- Journée fatidique   p 21

4- Une mère abattue   p 31

5- Une vie presque normale   p 41

6- Acharnement   p 55

7- Un secret bien gardé   p 73

8- Un goût amer   p 81

9- Soulagement   p 95

10- La vérité éclate   p 105

11- Epilogue   p 125

Remerciements

Merci à mon homme Thomas d'avoir eu la patience de lire ce livre, de le corriger, de m'avoir donné de nombreuses idées. Sans lui, cette histoire ne serait sûrement pas éditée. Un grand merci pour son soutien et son aide dans ce projet.

Merci à ma fille, car sans ma grossesse je n'aurais jamais eu le temps et l'envie d'écrire.

Merci à mes parents, à Monique et tous les autres membres de ma famille pour m'avoir encouragée.

Merci à Gilles pour ses conseils d'écrivain.

Petite dédicace à Marianne qui adore lire. J'espère que cette histoire te plaira.

Merci à mon premier éditeur.

C'est en se persuadant que le bonheur existe qu'il arrive…